鮮烈に闇を裂け

かわい有美子

幻冬舎ルチル文庫

CONTENTS ✦目次✦

鮮烈に闇を裂け

✦カバーデザイン=吉野知栄（CoCo.Design）

✦ブックデザイン=まるか工房

イラスト・緒田涼歌✦

鮮烈に闇を裂け

一章

Ⅰ

　その日の夕食後、警視庁特殊部隊に所属する高梁晄《たかはしあきら》は寮の自室で、辞書を片手に不得意な英語と格闘していた。

「アキラ、ちょっといいか？」

　部屋のドアをノックして顔を覗《のぞ》かせたのは、先日、制圧班から指揮班へと異動になった橋《はし》埜祐海《のひろみ》だ。

「はいっ」

　特殊部隊隊員の中ではほとんどトップに近い位置にいる橋埜に、高梁は慌てて立ち上がる。高梁と同室である毛利《もうり》も、慌てて背筋を伸ばし頭を下げた。

　もともと警察は絶対的な縦社会なので、上下関係は非常にはっきりしている。

　ことに重大テロ事件、銃器を用いた凶悪事件に投入される特殊部隊は、いざ出動となれば生命の危機と隣り合わせなので、それが徹底している。それこそ先輩が右を向いていろと言えば、もういいと言われるまでは右を向いていなければならない世界だ。

「悪いな、俺の部屋まで来てくれ」

五歳以上年上の橋埜に顎《あご》をしゃくられ、まだ二十一歳になったばかりの高梁は慌てて部屋を出た。

橋埜は見た目の非常にすっきりと涼しげな色男で、この間まで三つある制圧班の第二班の班長を務めていた。スピードと切れのある動きが得意で、ドイツ警察の特殊部隊へ特別に研修に派遣された際、資質を見いだされてナイフ専門の特化訓練も受けている。

その上頭も切れて、まさに文武両道を地で行くような男だ。

去年の出動でハイジャック犯を制圧した際、不幸にも左腕を痛め、第一線から退くこととなったが、指揮班への異動は誰しもに納得出来るものだった。

今は第一制圧班にいる高梁だが、橋埜には持ち前の敏捷性《びんしょうせい》に目をかけられ、ナイフを用いた接近戦のレクチャーを何度か特別に受けている。さっき格闘していた英語の専門書も、この橋埜から特別に借り受けたものだった。

だからてっきり、またそれに関する話なのかと思った。

橋埜について上の階の部屋に行くと、異動した橋埜に代わって第二制圧班の班長となった飯田真也《いいだしんや》がその部屋の前に休めの姿勢で立っていた。

すらりとした橋埜よりも、飯田はさらに背が高く体格がいい。

飯田は橋埜を見ると、黙って目礼した。

ポロシャツにデニムというラフな格好だったが、橋埜の帰りを待っていたことは、その背筋を伸ばした立ち姿で明らかだ。

元第二制圧班の班長と、現班長が揃《そろ》って何なのだろうと、高梁は二人の顔を見比べる。

もし、飯田が橋埜に話があって待っていたなら、当然、そちらの話が優先される。

「すみません、俺、外で待ってましょうか？」

控えめに申し出ると、大丈夫だと橋埜は高梁の背中を押す。

「飯田からお前に話があるから、来てもらったんだ。いいから入れ」

ドアを開けると同時に入れと促され、高梁は慌てて飯田に頭を下げる。

少し前まで同じ第一制圧班にいた相手だ。そのために訓練中はほとんど一緒だったが、もともと飯田は極端に口数が少ない。

歳《とし》は橋埜ほどではないが五歳程度は離れているし、橋埜に代わって班長を任されるほどの実力の持ち主だ。隊員の中でも下っ端に近い高梁にとっては、立場上、自分から親しく話しかけることも出来ない。

そのため、プライベートなことはこれまでに二言、三言程度しか話した記憶がなかった。

部屋に入り際、飯田は高梁の礼を受け、かすかに笑ったように見えた。

何事に関しても豪快で陽気な今の第一制圧班の班長とは違い、あまり大声で笑ったり話したりするように思っていなかったので、かすかにでも笑いかけられたことには少しほっとした。

以前、訓練合宿中に高梁がヘマをして、教官に締め上げられた際、取りなしてくれたとも聞いている。

その際には礼を言いに行ったが、先輩への正式な倣《なら》いで腰を九十度に折っていたので、表情はほとんど覚えていない。次から気をつけろよ、程度の言葉をかけられただけだった。

なので、そんな飯田から持ちかけられる話とは何なのだろうとも思う。

「狭いから、そのベッドの上にでも適当に座って」

部屋に備え付けられた机の椅子《いす》を引き出してさっさと腰かけた橋埜は、ベッドを指差す。

高梁のように年若い隊員はまだ二人部屋だが、橋埜らのように年齢が上がると六畳ほどの個室になる。ベッドと机、備え付けのロッカーでいっぱいになるような部屋だが、それでもさすがに橋埜の部屋はすっきりと片づいていた。

体格のいい飯田は少し腰を折り、失礼しますと腰かけたが、高梁はその隣に同じように腰を下ろすわけにもいかず、はい…、と答えたまま立っていた。

緊張して立ちつくす高梁に、橋埜は苦笑する。

「いいよ、飯田はそんなに器の小さい男じゃないから、遠慮せずに座れ」

はぁ…、と高梁は頷《うなず》く。もっと気安い先輩なら、それなりに礼を言って隣に腰を下ろせるが、正直、飯田自身についてはよくわからない。

「失礼します」

高梁は頭を下げて、とりあえず飯田の足許《あしもと》あたりの床に膝《ひざ》を抱く格好、いわゆる体育座りで座った。

「飯田、お前から言う？」

橋埜に尋ねられた飯田はわずかに黙ったあと、はい、と答える。

言葉は短いが、けっこう特徴のある低い声だ。

低くて、ザラッとしたような硬い響きと重さがある。その分、抑揚が少なく聞こえる。持ち前の口の重さも合わさると、よけいにとっつきにくい。

「アキラ、第二班に移ってくれないか？」

そのざらつきのある声で唐突に告げられ、高梁は目を丸くした。

「…はい？」

「えらくダイレクトだな。もうちょっと何か言い添えてやれよ」

橋埜は呆《あき》れたように飯田を見る。

「まぁ、アキラ、そういう話なんだ。お前、身体《からだ》軽くてバランスもいいし、すばしっこいだろ？　あと、馬淵《まぶち》さんに色々仕込まれてて、工作やパソコン処理の関係もそこそこいけるだろ。飯田はそういうのがひとり欲しいんだよな？」

尋ねられて飯田は頷く。

「はしっこくて、技術もそれなりにあるのが欲しい。だから、お前はどうかと思った」

「お前、本当に言葉足りないよな。引き抜く時には、もう少し褒め言葉を足してやったほうがいいぞ」

橋埜は脚を組みながら、制圧班にいた頃よりも少し伸ばした髪をさくっとかき上げた。

持ち前の端整な印象は変わりないが、見た目にはすでにこんな特殊部隊所属というよりも内勤に見える。

「あのスピードとか敏捷性で言うなら、二班には真壁《まかべ》さんが…。あと、うちにも相澤《あいさわ》さんがいらっしゃいますし、技術系だったら俺程度の知識じゃ本当に中途半端ですので、やっぱり技術支援班の方に声かけて頂いたほうがいいと思います」

高梁は少し腰の位置をずらし、肩越しに飯田を見上げた。

あまり接触のなかった飯田に名指しで声をかけられることに、まず戸惑う。

そして、他に能力的にも特化した面を持つ先輩を差し置いて、自分のような経験の浅い人間が動くのもどうかと思う。認めてもらえることはそれなりに嬉《うれ》しいが、敏捷性以外はそこまで人と比べて抜きんでているとも思えない。

「どっちも欲しいんだ、アキラ」

飯田は思いの外強く、言葉を重ねる。

「あの…、犬伏《いぬぶし》さんはなんて？」

今の高梁の所属する第一制圧班の班長である男の名前を挙げ、尋ねてみる。

本当はまず、他の班への異動そのものよりも、犬伏の班を離れたくないというのが先にあった。

犬伏和樹《かずき》は、高梁がこの特殊部隊——通称ＳＡＴにやってきた時からの班長だ。

身寄りのない高梁にとっては、頼りがいのある父親とも、面倒見のいい兄とも思って慕ってきた相手だった。

おおらかで明るく、性格的にも裏表がない。しかし、豪快であっても無神経なわけではない。老若男女問わずに好かれるようなキャラだった。

ＳＡＴ隊員としてはまったくの新米だった高梁の訓練にも嫌な顔ひとつせずにつきあい、猫《ネコ》、ネコとあだ名をつけて、いっぱしの隊員として使えるようにまで仕込んでくれた。

「ああ、まぁ、そりゃ気になるわな…っていうより、あいつにはもう話通してあるんだけどさ、いると暑苦しいし、部屋狭くなるしさ」

ずいぶんな言いようで、橋埜は取りだしたスマートホンを操作すると、耳に当てた。

「俺だ、ちょっと俺の部屋来てくれ」

いくらかの呼び出し音のあとに出た相手に、それだけ言って橋埜は電話を切る。

もう話を通してあるということは、すでに犬伏は承知の話なのかと高梁は目を伏せた。

そうなるともう高梁には打つ手はない。何を期待しているというわけでもないが、これまでのように色々と目をかけてもらうこともできなくなるだろう。

橋埜と部屋の近い犬伏は、さほどの時間をおかずに顔を出した。

「橋埜、お前、本当にひどい呼び出し方するな。何だよ、今の電話。俺の携帯は伝令管じゃないんだぞ」

ブツブツ言いながら入ってきた男は、高梁を見ると、ようと片手を上げて笑って見せた。

高梁が飯田と共にここにいる理由は、すでにわかっているらしい。

飯田よりもさらに上背があってがっしりした男は、おぅ、詰めろと言うなり、ベッドにどっかり腰を下ろす。

飯田と犬伏に挟まれる形で足許に座った高梁は、慌てて立ち上がった。そのまま、橋埜から少し下がった位置に控える。

橋埜の言葉ではないが、高梁以外はそれなりに平均以上の体格を持つ男達だ。特に犬伏が入ってくると、急に部屋が狭くなったように感じられた。

「アキラ、聞いたか？」

犬伏は立った高梁を見上げ、やさしい目を向けてきた。

「はい、今…」

「飯田が名指しでお前欲しいってさ。それって、すごい名誉なことだぞ。第二班の班長名指しだもんよ」

「はい、ありがとうございます」

高梁は目を伏せた。

犬伏の言い方はいちいち温かく胸に沁《し》みるが、すでにもう自分を譲らないと言って断ってくれる段階ではないことがわかる。

なぁ、アキラといつになくおだやかな声で呼びかけてきたのは、普段はてきぱきと切るようにものを言う橋埜だった。

「真壁な、前に訓練で膝痛めてから本調子じゃないんだよ。どうしても膝庇《かば》う。それはしょうがないことなんだけどな、今のままだとちょっと厳しいかもしれない」

まさにそれが理由で制圧班を離れた橋埜が言うと、厳しいという言葉の意味が実に重くて、高梁は黙って何度か瞬《まばた》きを繰り返す。

真壁は俊敏性でいえば、高梁が隊に来るまではトップだった。

高梁と同じようにやや細身で足が速く、高所での作業や細い足場、狭い場所などでの移動を得意としている。去年のハイジャック事件の際も、高梁のコックピットへの侵入をサポートしてくれた相手だ。

それが膝を庇って思うように動けないということは、場合によっては橋埜のように第一線を外れるということにもなる。

高梁のいる第一班には高梁の他にもうひとり、敏捷性や高所作業性に優れた隊員がいる以

上、どちらかひとりを真壁の代わりに第二班へ移そうという話になるのは自然だった。

アキラ、と飯田は呼びかけてくる。

「頼むから第二班《うち》に来てくれ」

「…ぁ」

飯田を見上げたあと、高梁は小さく頷いた。

「…はい」

心理的に承諾したわけではないが、飯田に頼むからとまで言われて、嫌だとはとても言えなかった。

多分、この上の三人の間で話がついている以上、課長なども承知の話だろう。

そうなると、高梁が嫌だと言ったところで遺恨の種になるだけだ。

一瞬、泣きそうにもなった高梁をどう思ったのか、犬伏は大柄な身体をかがめ、下から顔を覗き込むようにしてくる。

「なぁ、アキラ。本当言うと、飯田は俺のあとに一班《うち》のリーダー任せるんだって思ってたぐらいの器量の男だからな。まぁ、今は橋埜の代わりに二班の班長やってくれてるけどさ、それぐらいの男だから、俺からも頼むよ。飯田をサポートしてやってくれ。身が軽くて、敏捷性に優れた隊員はどの班にも絶対に必要なんだ」

それはわかる。運動神経とはまた別に体格や柔軟性の問題もあって、高所での作業や狭い場所をくぐり抜けることの得意な隊員はそうそういるわけではない。そして、そんな隊員はどこの班でも必要としているし、重宝もされる。

高梁自身も、自分のそんな能力を長所として犬伏に褒められるたび、嬉しく誇りに思ってきた。

「俺にとっては、アキラがうちに来てから、それを頼めるぐらいに十分に育ったっていう証しでもあるんだよ。胸張って、うちのアキラをサポートにやるよって言えるんだからな」

犬伏は伸ばした大きな手で、高梁の二の腕のあたりを軽く叩《たた》いてくる。

この男にそうまで言われた以上、高梁に異存を言えるはずがない。

高梁は飯田にひとつ頭を下げた。

「どうぞ、よろしくお願いします」

「いや…」

飯田は少しはにかんだように笑った。

「こちらこそ、勝手を言って悪かったな。助かる、ありがとう」

「いえ…」

犬伏の元を離れることがショックで、とっさには他の言葉もなくて高梁はただうつむく。

犬伏が大きく溜息《ためいき》をついた。

「すげー…、何か娘を嫁にやるような気分だわ」

「結婚もしてないくせに何を言ってるんだ、このバカは」

同期の犬伏にはいつも辛辣《しんらつ》な橋埜は、冷たく決めつけた。


「アキラ、橋埜さん、何の用だった？」

指揮班の橋埜が直々《じきじき》に部屋まで呼びに来たせいか、部屋に戻ると同室で一期上の毛利が不思議そうに尋ねてくる。

高梁だけがアキラ、アキラと下の名前で呼ばれているのは、同じ第一班に高橋《たかはし》という名前の先輩隊員がもうひとりいるためだ。

「…あ、俺、二班に移ることになったみたいです」

「へぇ、二班行くんだ？　だからかぁ」

第三制圧班所属の毛利は、それだけで一気に納得したような顔となる。

警視庁警備部特殊部隊に、実際に突入を担当する制圧班は現在三班ある。他にはその作戦を指揮する班、狙撃を担当する狙撃班、機材設置や爆発物設置などの技術面で作戦をサポートする技術支援班などで構成されている。

橋埜といえば、ほとんどの隊員にとっては今の指揮班所属というよりも、第二班を率いる切れ者班長という印象だった。

去年、ハイジャック犯制圧時も、本人は突入時に左肩に被弾しながらも、完全に制圧が成功し、人質の乗客をすべて解放して機外に出るまでまったくそれを口にしなかった。

突入を成功させた手際も見事だが、あの精神力と冷静さ、痛みや衝撃に対する忍耐強さは誰もが言葉を失うほどに壮絶なものだった。

橋埜が指揮班に動いた今も、その鮮烈な印象はそうそう簡単には変わらない。

常に豪快な犬伏とは同期で、いつも滑舌のよい口調できぱきと渡り合うのも格好良く、端から見ている分には憧《あこが》れだった。

今は第二班の班長として飯田が収まっているが、班長に就任してまだ日は浅く、第二班といえば橋埜の班という印象だ。

それだけに、飯田もまず橋埜に話を持ちかけたのだろう。

「でもさ、二班だったら飯田さんが班長だし、いいんじゃないか?」

毛利の励ましが、逆にまさに今考えたことを見抜かれたようで、高梁は慌てて頷いた。

「…ええ、そうですね」

まさか、その飯田が今ひとつよくわからないのだとも言えない。

橋埜は普段のもの言いこそ辛辣だが、犬伏と仲がいいせいか、高梁には何くれとなく目をかけてくれた。見た目ほどキツいことを言われたこともない。話してみれば気さくだし、可《か》愛《わい》がってもらっていたように思う。

まだ、橋埜の班に行けと言われたほうが、ここまでショックではなかったように思える。

ＳＡＴでは突入時の連携力が非常に重視されるため、一度配属された班からの異動はほとんどない。それほどに班の中でのメンバーの息はぴったり合うように訓練されるし、それこそ作戦時には視線や指の動きひとつで互いの意志をくみ取れるようになる。

実弾や爆発物の危険にさらされ、何かあればあっという間に命を落とすような第一線に投入されるからこその、何よりの連携力重視だった。

それだけに、各班、それを統括する班長への信任はとても厚く、班長のキャラクターがそのまま班のカラーに反映されているともいえた。

その分、異なる班へ動くのは、やはり誰にとってもそうそう簡単なことではない。

もちろん、あれだけ慕われていた橋埜の後を継いだ飯田にとっても、これからそれに負けないように隊員の支持を集めるのは大変なことだろう。

かといって橋埜が抜けた穴を埋められるのは飯田以外にないことは確かだし、新しいリーダーとして不足だとも思わない。能力的には犬伏に俺の後を任せると言わしめただけのものは十分にある。

ただ、本当に訓練時以外の顔を高梁はほとんど知らない。

優秀な人だということ以外はわからないし、犬伏のように何くれとなく面倒を見て、プライベートでも始終を声をかけ、可愛がってくれるようなタイプにも見えない。

むしろ、犬伏ほどに高梁の境遇を気にかけ、ちゃんと隊に馴染《なじ》めているか、寮や訓練にも馴染めるかと気を配ってくれるほうが珍しいのだということはわかっている。

わかっているが、しかし…。

「俺、ちょっと風呂に行ってきます」

少しひとりになりたくて、高梁はロッカーから風呂の用意を取り出しながら言った。

相部屋だと、ひとりになれる場所もない。

「なんだ、もう翻訳は諦《あきら》めたのか？」

「俺、英語苦手なんで、もう頭煮えそうです」

からかう毛利に笑って小さく頭を下げ、高梁は部屋を出た。

まだどこか頭がぼうっとするような衝撃があった。

風呂道具を抱え、浴場には向かわず、裏口から建物の裏手の倉庫の陰へとまわる。

植え込みがあるだけで、何もない場所だ。

それでも入隊直後、厳しい訓練に慣れるまで、そしてひとりになりたい時、何度となく足を運んだ場所だった。

多分、これは単なる高梁の甘えなのだということはわかっている。

何が一番のショックだったといって、犬伏の班を離れることが一番堪《こた》えていた。

高梁の身の軽さを生かし、特性を伸ばす訓練を施してくれたのは犬伏だ。目が大きくてやや吊《つ》り気味なこと、多少の高さの場所なら道具なしでも上がってゆけることなどから、ネコと呼んでは可愛がってくれた。

施設で色を入れてるとまで言われた色素の薄い髪を、極端なまでに短く刈り込んでいた高梁に、痛々しく見えるからもっと伸ばせと言ったのも犬伏だ。隊のメンバーに聞いて、評判のいい美容室まで教えてくれた。

死んだ父親に倣って警察に入ったが、警察学校では考えていた以上にキツい団体生活が待っていた。高梁が高校時代に入っていた施設とは異なる、それこそ軍隊のような縦型の集団生活だった。

途中で嫌になったとやめてゆく同期もいたが、やめても自分には行き場所がないという思いから、毎日、歯を食いしばって過ごしていた。

最初に配属された機動隊から希望が叶《かな》ってＳＡＴに入り、犬伏に会って初めて、この人と同じ隊にいることが出来て幸せだと思った。

犬伏を実の家族…、本当のところはそれ以上に思慕の対象として、勝手に想いを寄せていたが、班が異なるとなれば今までのように親しくしてもらうことも出来なくなるだろう。

寮は今まで通り一緒だし、犬伏が班が違うからなどという理由で、いちいち隔てを置くような人間でないことはよく知っている。

ただ、状況的にいつまでも犬伏をあてにするのは、他の隊員の目から見ても少しおかしく見える。

高梁は風呂の道具を膝に抱え、寮の建物の裏手でひっそりと肩を落とした。

高梁には身寄りがない。

警察官だった父親を子供の頃に病気で亡くし、母親は高校一年の時に事故で亡くした。以来、高校卒業までを身寄りのない子供の入る施設で過ごした。

遠い縁戚《えんせき》がなかったわけではない。

しかし、会ったこともなく、互いに顔も見知らぬ関係だった。あまり家業がふるわない上、介護もあって生活にまったく余裕がなかったり、親族本人が闘病中だったりと、状況的に高梁の後見人を引き受けられる者がいないと聞いた。

役所の担当者から施設行きを示唆《しさ》された時にはショックを受けたが、同時にそれは仕方がないことだとも思った。高校生ひとりを引き取って成人させるというのは、家計や時間にそれなりの余裕がなければできない。家族の理解もいる。

母親が亡くなった時、高梁本人でさえ、連絡を取らなければならない身内というのがとっさに思い浮かばなかったほどだ。そんな繋《つな》がりもろくに知らない親戚に、遠い血縁だから自分を引き取ってほしいと訴えるのも無理な話だと思った。

多分、両親共に早世の家系だったのだろう。祖父母や、叔父叔母《おじおば》といった、親戚と言われて普通はすぐに挙げられるような近しい親族は皆、すでに亡くなっていた。

たまにこういう不幸な巡り合わせのおうちもあるんだよね、と言った担当者の言葉が、今も耳に残っている。

二人きりの母子家庭で急に母親を失った痛みも癒《い》えぬまま、高梁は施設に入った。

施設は規則も厳しく、高梁にとってはけして居心地のいい場所ではなかった。

高校もその施設から通える公立校へと移り、これまでの友達ともほとんど会えなくなって、生活環境はがらりと変わった。

あそこでは、嫌な記憶ばかりがある。笑った記憶がひとつもない。

子供としては年齢的にかなり薹《とう》が立ってからの入所だったせいか、子供同士のグループ、そしてそれに目をかける職員のグループがすでに出来上がっていた。

高梁はその輪の中に入っていけなかった。

そんなに人当たりが悪い方ではないと思うが、不安定で限られた大人の愛情を取り合うような子供同士の軋轢《あつれき》に、最初引いてしまった。

施設の空気に馴染めないと、職員からは可愛げがないと言われた。

同室の子供からは部屋が狭くなったと、新入りはここから先は入るなと部屋でテリトリーを決められた。

だから何だと、もっと図太くしたたかにやっていけばよかったのかもしれない。

しかし、最初に弾き飛ばされた高梁は、とうとう最後まで異端のままだった。

萎縮して小さくなるようなことはなかったが、その分、表情は頑なに、施設内でもほとんど喋ることもなくなった。

母子家庭であっても、まだ母親がいて、帰る家のあった自分は幸せだったのだと、身に染みてつくづく思った。

ただ、高校を卒業しさえすれば、ここから出てゆけるということだけを励みに、日々を暮らしていた。

だから、あの頃のことを思えば、居場所も収入もある上、二班の班長自ら指名され、能力を買われて動くのだから不平などあるはずがない。

犬伏に第二の家族のように扱ってもらい、どこか里心に似た感覚を覚えてしまっただけだと思う。

そんな犬伏に勝手に恋慕に似た想いを抱《いだ》き、ずっと同じ班でいたかったと訴えるのは、誰から見ても甘えにしか見えないだろう。

こんなことは、母親が死んだ時の辛《つら》さを思えばなんでもない…、高梁は膝を抱えて思った。

高校を卒業するまでの辛抱だと、施設で毎日カレンダーを眺めていた時の口惜しさを思えばなんでもない…、高梁は細い顎を膝に押しつけたまま、じっと目の前の植え込みを見ていた。

Ⅱ

高梁が正式に第二班へ異動となった日の朝、訓練場でその顔を確認した飯田真也はほっとしていた。

橋埜の部屋で二班への異動を頼んだ日、ずいぶんショックを受けたような顔をしていたが、翌日の朝一番にはよろしくお願いしますと言ってちゃんと挨拶《あいさつ》に来てくれた。

そのはにかんだようないつもの笑顔を見て、犬伏に頼み込み、自分でもかなり強引に高梁を引き抜いた自覚のある飯田は、完全ではないにせよ、少し安堵《あんど》した。

二十一歳とSAT隊員らの中でも若い高梁は、顔が小さいせいか、つるりとした顔立ちのせいか、実年齢よりまださらに幾分下に見える。

ハードな訓練をこなしているだけにひ弱な印象はないが、他の隊員らに比べるとかなり細身だ。その分、足音もない素早い動きや高所への移動や作業、狭小な穴や通路のくぐり抜けなどを得意としている。

飯田の手ならひとつかみに出来そうな小さな顔に、どこか猫を思わせるような吊り気味の大きな目を持っている。全体的に色素が薄い印象で、短めに柔らかく整えた髪の色も薄い。

一番最初に隊にやってきた時には、その髪を極端なまでに短く刈り込んでいるのがとにかく目立った。丸刈りに近いスポーツ刈りなのだろうが、顔立ちが幼い上に頭の形が露《あら》わになっているせいで、犬伏の言葉ではないが、まるで収容所の囚人か何かのように痛々しく見えた。髪の刈り込み跡も、青いというよりは色素の薄さのせいで赤味を帯びている。好んでその髪型にしているというより、まるで無理矢理刈られたようだった。

見ていられないから、お前は髪伸ばせと犬伏があのおおらかな口調で諭してくれたのは、結果的にはよかったと思っている。

髪が少し伸びただけで、すぐに赤らむ肌の白さや繊細でやさしい表情、子供っぽい笑顔などが相対的に目立つようになった。

その目の大きさとはにかむような笑顔が、飯田に小学校の時の初恋の女の子を思い出させた。もう顔もあまりはっきり思い出せないが、あんな印象の子だったなと思うと、勝手に高梁に親近感を持った。

以来、似ているなと思ってからは、なんとなくいつも目で追うようになっていた。

高梁はやや顎を引いた、歳よりも子供っぽい笑い方を見せる。

自分も二十歳の頃などはこういうものだっただろうかと思いかけ、父親の長患いでそれどころではなかったことを思い出した。

かろうじて大学に入ったものの、父親の入院で出費もかさみ、母も介護疲れで倒れたために大学を休学した。父親の死で、結局、大学はそのまま中退した。自分よりも成績のいい弟が大学に行ったほうがいいだろうと思ったためだ。

飯田にとって、あまり楽しいとは言いがたい時期だった。

しかし、犬伏からは高梁には家族がおらず、高校からは施設に入っていたと聞いていた。まがりなりにも大学に入るまでは両親の揃っていた飯田などよりも、もっと状況的には辛いものだったろう。

だが、苦労や辛い思いもしているだろうに、高梁からはいつも懸命で無垢《むく》な印象を受ける。

気立てがいいせいだろうかと、観察していて思った。

真面目《まじめ》な分、緊張しやすいようで、からかわれるとすぐに真っ赤になる。猥談《わいだん》などとなると気が気でないようで、自分に御鉢《おはち》がまわってこないようにといわんばかりに、耳まで真っ赤になって目を伏せている。それをまたからかわれるという日々だ。

SATが投入されるほどの大規模な凶悪事件などは、普段はそう起こることもない。存在を秘匿《ひとく》された寮と訓練場の往復で、訓練に次ぐ訓練という単調な日々だが、そんな高梁の様子を見ていると殺伐とした訓練中でも和《なご》んだ。

飯田自身は口が重く、たいして気の利いたことも言えないのは昔から承知なので親しく話しかけたことはないが、その分、少し離れたところから見ていた。

高梁は身のこなしや顔立ちから、すぐに犬伏にネコと呼ばれるようになった。

まだ最年少だったので誰からもアキラと気安く呼ばれる他に、ネコ、ネコと呼ばれては、一班では可愛がられていたが、犬伏になつき、はにかみながらも嬉しそうに笑う様子は、飼い主にちぎれんばかりに尻尾《しっぽ》を振る子犬のようだった。

訓練中はそれなりに厳しい顔をしている。見た目よりもはるかに根性があり、絶対に弱音を吐かないと犬伏が認めたほどだ。装備なしの素手で建物に登る訓練では、最初は怯《ひる》んでいたものの、今は隊の中でも最速で八階の高さまで登ってゆく。

でも、そんな身のこなしを鼻にかけた様子もなく、オフ時にはいつも人の輪の端でにこにこと話を聞いている。人の輪を外れている時には、本を読んでいる。小説や詩集が主だ。SAT隊員の中で読書が好きな人間は数えるほどなので、そんな姿は少し目立った。

長くそんな高梁を見ているうち、飯田は高梁が犬伏に部下がリーダーに向ける以上の想いを抱いていることに気づいた。およそ恋慕にも近い、見ているこっちの胸が痛くなるような繊細で一生懸命な気持ちだ。

同時に飯田のほうも落ち着かない、おだやかならぬ気持ちになった。

これまで自分の性的嗜好など疑ったこともなかったが、高梁ならいけるなと思った。いけるなどと自覚した時には、実際にはもうかなり入れ揚げてしまっていたのだろう。

悪いなと思いつつ、それからは毎晩、高梁を想って自分を慰めてしまった。

むしろ、こっちの方が自分の嗜好にハマっていたのではと思うほど、夢中になった。

ちょっとやさしく甘さのある若い声は、興奮するとどんなふうに上擦るのかと想像するだけで下腹が熱を持った。厚みのないスレンダーな身体つき、細い腰など、普通に着衣の上から見ていても目立つ。柔軟にたわむ身体を組み敷くことを思うと、平静さを失った。ぺたんとした胸は膨らみなど全然ないのに、着替えの際には慌てて目を逸らした。風呂場で上気した白い肌を見た晩などは、もうそのことばかりを考えていた。

自分がどれだけ高梁を頭の中で汚したかなど、とても人には言えない。

一時はどこか雰囲気が高梁に似たスレンダーな女の子とつきあってみたが、やっぱり頭の中にあったのは高梁だった。

何がそこまでツボにハマったのか、自分でもよくわからない。肌の色、髪の色、表情の動き、声のトーンまで、とにかくハマった。

シャイですぐ赤くなり、いつも人の輪の端でにこにこ笑っている。そんなに喋るわけではないが性格がよくて謙虚な優しい顔立ちの青年が、いつのまにか飯田の中で驚くほどの存在感を占めていった。

高梁が犬伏に想いを寄せても、犬伏自身は典型的なノーマルに見えるので、その気持ちが実りそうにないのは端から見ていてもわかる。

それでも犬伏がダメなら飯田で…というほど、簡単に話も進まない。

むしろ高梁に好意を寄せる相手がいる以上、接点のない自分の気持ちなど普通では受け入れてもらえまいと思うと、よけいに妄想はエスカレートした。

だがそんな飯田自身も持てあますほどのフィジカルな欲望を除いても、すぐに赤くなる高梁が可愛くて仕方がない。

訓練以外のオフ時には、常にその姿を目の端に探してしまう。笑っていればこちらも嬉しくなるし、本を読んでいれば何を読んでいるのかと気にかかる。

一度、何を読んでいるのかと声をかけたことはあった。

聞いたこともない翻訳物の時代小説で、さして読書が得意ではなく話も苦手な飯田には、まったく会話が続かなかった。

あれから少し気をつけて本を読もうとしているが、やはりすぐに眠くなる。

口の重い飯田には会話の機微などわからないので、依然、会話の糸口はほとんどないままに、飯田が二班へ移された。もともと会話もない上に班も違えば、もうほとんど高梁との接触などなくなると内心で焦っていたところに、真壁の故障だった。

橋埜に高梁をうちへどうにかして引っ張ることは出来ないだろうかと相談し、犬伏に頼み込んだ。

最初、犬伏は隊員歴の長い相澤のほうがいいんじゃないかと言ったが、そこを何とか手先も器用な高梁をもらい受けたいと頭を下げた。

本当のところ、面倒見のよい犬伏自身は、身寄りのない高梁を気にかけてやってくれという課長の言葉もあり、自分が制圧班にいる限りは一班に置いておくつもりだったらしい。

結局、犬伏が飯田に同意したのは、橋埜の代わりに二班の班長となって日も浅い飯田の為《ため》になるならと思ってくれてのことだというのは承知している。

早い話、犬伏が飯田の勝手を呑《の》んでのことだった。

その分、高梁を気遣ってやってくれとは重々言い含められている。

むろん、それは十分に承知している。いつになく、勝手を通したこともわかっている。

犬伏に娘を嫁にやるような気分だと言われたが、それこそ嫁にもらうような気持ちで頭を下げて無理を言った。

その高梁当人が、本当は犬伏の班にずっといたいと願っていたことを知りながら…。


「飯田ぁ」

その日の制圧訓練が終わったあと、機材の回収をしながら飯田を睨《ね》めつけたのは、技術支援班の班長である馬淵だった。

ひょろっと背の高い痩身《そうしん》の男で、班長の中でも最年長の三十歳手前だった。馬淵の上といえば、指揮班の真田《さなだ》と新田《にった》、荒木《あらき》ぐらいのものだろうか。

「はい？」

馬淵の醸し出す不穏な空気に、ヘルメットを取った飯田は何かトラブルかと向き直る。

「俺に断りもなしにアキラ抜いていくとは、どういうことよ？」

「…断り？」

「おうよ。アキラは筋がいいから、技術支援班《うちの》に狙《ねら》ってたっつーのに、なんだ、お前は？　横からかっさらっていきやがって」

馬淵は手にしたスパナで、飯田のタクティカルベストの胸を突く。

「馬淵さん、またぁ」

飯田の背後から呆れたような声を出したのは、制圧用の高圧放水銃を手にした犬伏だった。

とにかく大柄な男で、身長、体格共に平均を上まわる飯田よりも、さらにデカい。

「アキラは制圧班でも稀少《けう》なネコなんですよ。身体軽くて、高所作業の得意な隊員は貴重なんです。前もダメだって言ったでしょう」

「お前ら、ちーっとアキラが可愛いからって、俺に相談もなしに仲良く融通しあっちゃって。覚えとけよ、うちのサポートなしに、お前ら作業できると思うなよ」

「可愛いって…、まぁ、アキラが性格いいのは確かですけど、馬淵さんもまた、そんな大人《おとな》げないこと言って」

はいはいと、馬淵とは一期違いの犬伏は適当にいなす。

いなされた馬淵は、訓練用ビルの梯子《はしご》を下りてくる高梁を振り返った。

「アキラーっ、飯田が嫌になったらいつでもうちに来い。また俺が釣り連れてってやっかんなー。そんでもって対潜哨戒機《しょうかい》のこと、色々教えてやるよ」

梯子を下りる途中でいきなり話を振られた高梁は、少し驚いたような顔でバイザーを上げ、はぁ…と頷いた。

ついで犬伏と飯田の顔を見比べ、上から小さく会釈してくる。

犬伏がそれにないない…と手を振ってみせると、高梁は歯を見せて子供っぽく笑う。

「対潜哨戒機って海自のだろ？　空自か？　ＳＡＴ《うち》は全然関係ないじゃねーかよ、本当に軍《ミリ》オタは、もう…。アキラがちょっと真面目に話につきあうからって、技術支援に来い来いって。飯田もいちいち気にすんなよ」

何言ってるんだ、あのおっさんは…と馬淵の背中を見送った犬伏は呆れ声を出す。

「アキラ、釣りもするんですか？」

たまに歳の近い隊員らでアウトドアに出かけることは知っていたが、釣りなどにも出かけるのかと飯田は犬伏を見る。

気さくな犬伏が話しやすいのは、飯田にとっても同じだった。

「おう、アウトドア関係はけっこう好きだろ？　キャンプとかもたまにやってるしさ、よかったら誘ってやってくれ」

そう言って、犬伏はちょうど梯子から下りてきた高梁を振り返った。

「アキラ、飯田がキャンプ行こうぜって、な？」

そう言うと、犬伏は飯田の脇《わき》を突く。

どうも一緒に行って、親交を深めてこいという意味らしい。

「…ああ、よければ…」

飯田は自分を見上げてくる高梁に、慌てて頷いてみせる。

犬伏は犬伏なりに、他班に異動となった二人がそれなりにうまくやっていけるようにと気を配ってくれているのはわかる。

「他、誰誘う？　ああ、お前の同期の浅川《あさかわ》どうだ、浅川。あいつ、車持ってるからちょうどいいや。浅川ーっ！」

犬伏は二班にいる飯田の同期に勝手に声をかけた。同期なので親しく、気心も知れている相手だ。アウトドアもそこそこなす。そのあたり、あいかわらず豪快なようで犬伏のチョイスは抜かりない。

はい、と犬伏の前にやってくる浅川の肩を、犬伏はぽんと叩いた。

「はい、決定。浅川車出して？　ちょうど今からは季節もいいしさ、郊外行こうよ、郊外、な？ちょっと野外体験活動でもしてきて」

「え？　え？　野外体験？　俺がですか？」

いきなりで話も読めないと、勝手に指名された浅川は目を白黒させる。

「そうそう、火なんか焚《た》いちゃってさ。星の下で語り合って、互いの親交でも深めてきてくれたまえ。場所は奥多摩《おくたま》でも山梨《やまなし》でも、清里《きよさと》でもいいんじゃない？」

じゃあ、あとは若い者達に任せて…、などと犬伏は放水銃を提げたまま、訓練指揮用のブースから出てきた橋埜に声をかけに行ってしまう。

「星の下で語り合えって、なんでいきなり？　いつの話？　犬伏さんは行かないの？」

先輩である犬伏の提案をむげに断るわけにもいかず、浅川は困惑したように飯田を眺める。

「犬伏さんは不参加。俺とお前とアキラの三人」

「なんだよ、それぇ？　いいけどさ、季節もいいから行くけどさぁ」

高梁は二人を見比べ、いつものように少しはにかんだような笑い方を見せた。

「飯田さんもキャンプとか、されるんですか？」

「ああ、最近はご無沙汰《ぶさた》だけど…」

SATに来る前、機動隊にいた時には、アウトドア好きの先輩に連れられて色々と出かけた経験のある飯田は頷く。

そして、こうやって迷惑そうな顔ひとつ見せず、飯田に話しかけてくる高梁をいい子だと思う。

「じゃあ、ぜひ。俺、この間、中田《なかた》さん達とダッチオーブン使って、スモークチキン作ったんです。初めてだったけど、けっこう美味《おい》しく出来ましたよ」

高梁の言葉に、浅川はポンと手を打つ。

「ダッチオーブン、いいねぇ。俺、使ったことないわ。それ、俺もやりたいから本気で場所探すわ」

ダッチオーブンは蓋《ふた》つきのずっしりと重い鋳物《いもの》の鍋《なべ》だった。たいていはごろりと大きく、屋外で焚き火や炭火で煮炊きするのに適している。

「それでうまくいったら、俺、今度、彼女に披露してやろうかな」

美味《うま》いものが食べられるとなると気合いも入るのか、浅川は小さくガッツポーズを作る。

「いいですね、彼女さん」

にこにこ笑う高梁に、浅川は満更でもない顔を見せる。

「最近は男も料理できないとさ、なぁ？　アキラ、ちょっとダッチオーブンっての、やってみせてよ。なんかガツンと美味いもん作ろうぜ」

「了解です」

飯田は装備を解《と》きながら、楽しそうに話す二人を見比べた。

自分がこれまでろくに話すこともままならなかったのに、もうすでにキャンプに行くこと前提で話が進んでいることに驚く。

「俺、レシピ色々探してみますね」

高梁は飯田を見上げ、にっこりと笑って見せた。

Ⅲ

土曜の夕刻、奥多摩の川瀬にあるオートキャンプ場で、高梁は夕飯の準備を着々と整えていた。

朝夕はまだ少しひんやりするためか、昼間、横でバーベキューをしていた二組のグループはデイキャンプのみの利用だった。管理人ももう引き上げていて、川瀬の高台にある広いサイトには高梁らのグループがいるだけだった。

ＳＡＴはテロ制圧部隊なので、隊や隊員、その家族そのものがテロの標的とされる可能性が高い。そのため、隊員は法的にも機密保持を徹底するように求められ、家族や友人、同僚などにも所属を明かさない。

警察内部でも個人特定が出来ないように、所属隊員の名前や階級は部外には伏せられているほどだ。寮は他の独身者待機寮とは違って独立しており、他部との交流がない。

なので、どうしても遊びに出るとなると仲間内に限られる。そのせいか、遊ぶ際にも比較的お金のかからないアウトドアグッズは、寮の倉庫に充実していた。キャンプ場でも何でもない、完全にフリーな大自然の中でも野営できるぐらいのグッズが揃っている。

最初はバンガロータイプのすべて揃ったキャンプ施設も候補に挙がったが、ダッチオーブンを使うなら、いっそワイルドに行こうとほとんど何もないキャンプ場を選んだのは浅川だった。

炊飯器や電源、浴場や荷物運びのためのリフトまで備えたホテルのようなキャンプ場もあるが、今日やってきたのは、川沿いのごくごくシンプルで小さなキャンプ場だった。あるのは簡単な水場とシャワー、トイレぐらいのもので、焚き火台からグリルまですべて自分で用意するタイプだ。

そのせいか、ここへ来るまでに通りかかった色々揃ったキャンプ場にはけっこうなキャンプ客がいたが、ここは三人の貸し切り状態になっている。

車中、飯田と浅川の二人には何度となくキャンプの経験があると聞いていたが、さすがにテントの設営なども慣れたものだった。

料理を任された高梁がグリルやオーブンスタンドなどを設置する間、あっという間に日射しや雨を遮るためのタープと呼ばれる屋根を設置した。

そこをテーブルセットを置くリビングスペースとして定めたあとも、二人は手際よくテントを組み立て、中にマットや寝床を広げて就寝スペースまで一気に作ってしまう。

テントやタープは大人五人用のものなのでかなり余裕もある。周囲に遠慮せずともいい上に川のせせらぎの音も爽《さわ》やかで、気分もいい。

高梁はテント脇に設置したグリルの横で、ダッチオーブンの重い蓋をリフターと呼ばれる専用の鉄の持ち手で引っかけてずらし、中のリブの煮え具合を覗く。

鍋から溢《あふ》れる湯気と共に、煮込み特有の甘辛く濃厚な香りがした。

今日はスペアリブを醤油《しょうゆ》とワイン、コーラと共に少量のマーマレードで煮込んでみた。

マーマレードの加減かリブの照り具合もつやつやとして、一緒に入れたゆで卵と共にこっくりとした濃い褐色に仕上がっている。

クックッと音を立てる煮汁に合わせて、フルフル揺れるリブはいかにも美味そうで、高梁は自然と笑顔となる。

「うわ、すげー、いい匂《にお》いだな」

鍋から漂う煮込みの香りに歓声を上げたのは、テント内の寝床の設置を終えた浅川だった。

明るく陽気な先輩で、こうして共にアウトドアに出るのは初めてだが、とにかくよく喋《しゃべ》る。

「俺、マジで腹減ってきたわ。この香りさぁ、俺のキャンプ歴の中では一番ヒットな料理の予感」

がっちりした腕を組み、どれどれと高梁が蓋をずらした鍋の中身を覗き込んでくる。

「ちょっと飯田、これ見てみろよ。すげぇ、ゆで卵がいい色に染まってる。これは絶対、中まで味染《し》みてるよなぁ」

どれ、と覗き込んだ飯田も楽しそうに笑う。

「これは美味そうだな。リブも角煮みたいな色になってる」

「ああ、それそれ、この匂い、豚の角煮に似てるんだよ。アキラ、マジすげぇな。準備も手際よかったし、料理人になれそう」

ダッチオーブン専用の厚手の長いグローブをつけた高梁は、あらためて蓋を閉め直し、飯田が組んでくれたブロックの上に重い鍋を下ろした。

火から離し、少しだけ蒸らす。

「俺、実は就職する時、調理師免許取ろうかってちょっと迷ったんです」

「警察か、調理師の二択か？」

尋ねる浅川に、ええと頷く。

「料理するのは嫌いじゃないんで考えてみたんですけど、毎日、ずっと料理するっていうのはキツいかもしれないなって思って」

「確かに毎日はキツいかもなぁ。体調悪いのにラーメン作らなきゃいけないとかだと、調理場にうずくまって動けなさそうだよ」

アウトドア用のテーブルの上には、すでにサラダと切り分けたバゲットが並んでいる。

リブを煮込む一時間ほどの間にデザート用のイチゴも洗って用意したし、かたわらにはビールやお茶の入ったクーラーボックスが置かれ、すでに夕食の準備は万端だった。

高梁は用意しておいた皿に、リブや卵をたっぷりと取り分ける。

ちょうど夕暮れ時になったこともあり、ビールで乾杯してさっそく食事をはじめた。

じっくり時間をかけてとろ火で煮込んだ煮込みは、味に深みがあって美味しい。レシピ通りだと少し味は濃いめだが、その分、ビールも進む。

高粱はもともとそんなに飲めないし、まったくの下戸だという浅川はコーラを片手に食べていたが、やはり自然の中だと料理もビールも美味さが際立った。

「おお、すごい、美味い！　美味い！」

浅川が豪快にかき込んでゆく横で、飯田が目を細めた。

「アキラ、本当に美味いよ。手際もいいし、すごいな」

「うち、母親の代わりに何度か俺が料理作ってたんで。本当に我流の男の手料理なんですけど…」

盛りつけなどは、まったくなっていないからと高粱は照れくささから首をすくめる。

人が自分の作った料理でこんなに喜んでくれるのは、やはり嬉しい。

それに飯田も浅川が一緒にいれば、それなりに話す相手だとわかって嬉しい。笑って話しかけてくれる分には、高粱を悪く思ってはいないらしい。むしろ、ずいぶん気にかけてくれていることがわかる。

これまであまり話す機会もなかったが、せっかく目をかけて引っ張ってもらったのだから、犬伏の言うとおり、目をかけてもらった分だけは期待に応《こた》えたい。

「これさぁ、俺、この味、再現できるかなぁ？　俺、せいぜい作ってカレーレベルだからなぁ。彼女に披露する前に、また誰か誘って予行演習しようかな。アキラ、けっこう器用に蓋開け閉めしてたけど、その鍋、素人《しろうと》にも扱える？」

真剣に高梁の調理を横で眺め、色々と尋ねていた浅川は不安そうな声を出す。

「重さと熱ささえ気をつければ、そんなに難しくないです。それより俺、浅川さんの彼女さんの話聞きたいです」

高梁が言うと、飯田が笑う。

「まず、携帯の待ち受けから見せてやれよ」

「えー？　見る？　見る？　これがねぇ、俺にはちょっともったいないくらいに可愛いのよ」

盛んに照れながらも、浅川は高梁に携帯を取り出して見せてくれる。

画面の中で少し恥ずかしそうに小首を傾《かし》げる浅川の彼女は、二十三、四と言ったところだろうか。ふわりとした髪は長く、全体的に華奢《きゃしゃ》で柔らかそうだ。メイクは淡いが、もともとの顔立ちが可愛らしいのでむしろ自然だった。レースをあしらったカットソーが、薄い肩によく似合っている。

「あ、本当に可愛い！　それに細くて…」

「だろう？　もうね、なーんで俺なんかとつきあってくれてるかなっていうぐらいに可愛いのよ。性格いいし、恥ずかしがりだし？」

名前はハルカ、病院で医療事務をやっているのだと浅川は言う。

そこからはひと通り、浅川の出会いからつきあい出すまでのノロケが始まる。

しかし、寮と訓練場との往復で自分自身には交際経験のない高梁にとっては、話の逐一が目新しく、新鮮だった。

映画や小説のラブストーリーでも聞いているようなつもりで、たまに質問なども織りまぜながら、浅川の話を丁寧に聞く。

「ハルカさん、これだけ可愛かったら本当にモテそうですね。心配じゃないですか？」

高梁は軽くからかってみたつもりだったが、浅川はそうなんだよな、とさっきまでの嬉しそうな顔とは少し雰囲気を変えて眉《まゆ》を寄せた。

「浅川、前に言ってた彼女のストーカー、もう大丈夫なのか？」

飯田が尋ねる。

「いや、あいかわらずつきまっとってるみたいで、この間、所轄に相談に行けって勧めたんだけど」

不穏そうな話に口をつぐむと、浅川が高梁を見て肩をすくめる。

「俺とつきあう前からずっとつきあってほしいって言ってた男が、断っても断っても色んなところに来るらしくって。職場の帰りに待ち伏せされたことは何度かあったっていうんだけど、この間はとうとう家知られたみたいで外に立ってたって…」

「それはけっこう深刻ですね」

家を知られたくない相手に外に立っていられる状況は、女性にとっては相当な恐怖だろうと、高梁も同情を寄せる。

「だろ？　女の子のひとり暮らしだしさ、明日戻ったら一緒に所轄に行くのもつきあってやろうかなって。最悪、引っ越しも視野に入れなきゃいけないかもな」

高梁におかわりを頼みながら、浅川は溜息をつく。

ちょうど日も落ちてきたので、飯田がタープ横に吊《つる》したランタンとテーブルの上の小型ランタンとに火を入れた。暗くなりかけていたあたりが一気に明るくなると同時に、揺れる炎でよりいっそう野趣味が出てくる。

キャンプ場の下を流れる川のせせらぎの音が心地よかった。

飯田は炎の大きさを調節しながら、浅川に尋ねた。

「明日、何時待ち合わせだ？」

「昼過ぎ。一応、ここ出る前にハルカにメールして、また寮に戻ったら連絡するって言ってあるからさ」

「じゃあ、荷物下ろしは俺がやっとくから、寮に戻ったらすぐに行ってやれ。所轄に相談するなら、少しでも早いほうがいい」

飯田の言葉に、浅川は少し考えて頷く。

「じゃあ、頼もうかな。なんか、頼みっぱなしで申し訳ないけど」

「車出してもらったし、それぐらいはいい」

飯田の言葉に、普段は喋らないけど頼りがいがあっていい人だなと思う。

「俺も片づけやりますから。あと、朝は気持ち早めに起きて出るのもいいかもしれませんね」

「いや、それはいいよ。そこまでやってもらわなくてもさ」

どっちにしろ、キャンプでは夜が早い分、あたりが明るくなると目も覚めるので、朝は早い。

「朝はこのバゲットの残り使って、フレンチトーストでいいですか？」

「お、いいねぇ。寮じゃ、そんなしゃれたもの出てこないもんな」

浅川の明るい言葉に、飯田もないなぁ…と頷く。

「寮食は栄養バランスはいいのかもしれないけど、もう少し美味くて気の利いたもの食べたいよな」

「飯田さんがそんなこと言うなんて…」

いつも淡々と食べているように見えるので、内心でそんなことを考えていたとは知らなかったと高梁が目を見張ると、飯田は苦笑する。

「いや、俺だって美味いものが食べられるなら、それにこしたことはないよ。言っても仕方ないかなと思ってるから、黙って食ってるだけで。だから、今日はラッキーかなって」

すごく美味いよ、と飯田は煮込みをおかわりしてくれる。これなら作った甲斐《かい》もあったと、高梁も嬉しくなった。

飯田の分をさらによそってテーブルに戻ると、浅川の携帯が鳴る。

携帯を取り出した浅川は、お…、と呟き、飯田に照れくさそうな顔を見せると、悪い…と小さく手を上げて立ち上がった。

浅川の隣でその着信相手の名前を見た飯田は、高梁に少し笑って見せる。

「ハルカちゃんだ」

「仲いいですね」

明日会う予定のことだろうかと、二人してからかい気分で恋人と話す浅川を眺める。

しかし、最初は嬉しそうに電話に出た浅川の様子が、徐々に真顔に変わってゆく。

何度か低く尋ね返すが、電話の向こうで泣いてでもいるのか、わずかに漏れ聞こえる細く不明瞭な声は途切れ途切れだった。

高梁と飯田は少し様子が変だと顔を見合わせた。

ひとりで大丈夫か、誰か一緒に帰ってくれる友達はいるか、今日、泊まりに来てくれる友達は…、などというやりとりに、どうしてもさっき話題に上ったストーカーによる最悪な事態が頭をかすめる。

電話を切ったあと、浅川がちらりと苦めに笑った。

「…ここ、携帯つながるところでよかったわ」

「何かあったか?」

尋ねる飯田の声が、普段と変わらず平静で落ち着いていることに高梁は少し安堵する。

ここであまりに深刻な声を出されては、とても浅川を正視できない。

「いや、さっきのストーカー男。どうも職場のロビーにずっといたらしくて、怖いって…。いったん、守衛に声かけられて外に出たけど、まだ外にいるって…。帰るのが怖いって」

何かが起こったわけではなかったのかとほっとする一方で、家まで知る相手が職場の外で待っている状況を考えると、けして気を許せる状況ではないのだとも思う。

仮に別の出口から出たとしても、一度家まで来られている。気の小さな女の子なら、また部屋の前まで来るかもしれないと、怖くてたまらないだろう。

案の定、浅川は携帯を何度か開けたり閉めたりして、心ここにあらずというような表情を見せた。

飯田はそんな浅川を黙ってしばらく眺めたあと、口を開く。

「行ってやれば？」

「今から撤収して？」

それは想定外だったのか、浅川は目を丸くする。食器などを片づけ、一度張ったテントなどをすべて撤収となると、やはりどれだけ急いでも今から一時間以上はかかる。

「いや、お前だけ。ハルカちゃん、すごく怖い思いしてるんだろ？」

「…いや、それはさ…」

飯田の提案に浅川は一瞬考えたようだったが、すぐに首を横に振った。

「それはあまりに俺の都合で勝手すぎるし、いいよ。明日の朝、ちょっと早めに出てもらってもいいかな？」

「いいから、行ってやれ。明日、もしお前に余裕があるなら拾いに帰ってもらえばいいし、他に誰かこっちに迎えに来てもらってもいいから。それは俺のほうで連絡取って、頼んでみるよ。それぐらいは何とでも出来る」

浅川はまだ少し考えたあと、飯田と高梁の顔を見比べた。

「…本当にいい？」

「いいよ、行かなくて何かあった時の方が怖いよ」

何でもないと軽く笑う飯田に、高梁も頷く。

飯田の言葉ではないが、最近、たかがストーカーとひと口に侮れないような惨《むご》い事態に発展する事件がいくつもある。傍目《はため》にはストーカーが逆上するタイミングというのはとても読めないので、浅川の焦燥《しょうそう》はわからないでもない。

ことに彼女が怖いと泣きながら電話などかけてくる状況であれば、気が気でないだろう。

「お前は身のまわりのものだけ持って行けよ。あとの荷物は全部置いといていいから、とりあえずすぐに行くって電話してやれ」

飯田の言葉に、浅川はごめんな、ごめんなと片手を詫《わ》びの形に立てて、飯田、高梁とそれぞれ頭を下げ、すぐに携帯を取り出す。

今から帰るから、職場を出ずに待ってろという浅川を横目に、飯田は高梁に悪かったなと低く詫びた。

「…勝手なこと勧めて悪かったな」

「いえ、誰だって彼女がそんな妙な男につきまとわれてたら、気が気じゃないでしょうし」

そう言って高梁は首をすくめると、飯田に小さく頭を下げる。

「明日の朝まで、どうかよろしくお願いします。朝はその分、張り切ってご飯準備しますから」

「いや、こっちこそ」

飯田は日に灼《や》けた引き締まった顔で、はにかんだように笑った。

普段は落ち着いていて大人っぽい、口数の少ない優秀な先輩隊員というイメージで、あまりそんな表情を浮かべるタイプだとは思っていなかったので、高梁は内心驚く。

それとも、これまではさほど親しく話すこともなかったので知らなかっただけだろうか。

「なぁ、本当にごめんな。明日のチェックアウトタイムには絶対に間に合うように帰ってくるから、本っ当に今日はごめんな」

彼女とのやりとりを終えた浅川は、心底申し訳なさそうに謝ってくる。

「いいよ、早く行け。明日のことは、また連絡するし。迎えもなんとでもなるだろうから、気にするな」

飯田は立ち上がり、テント内の浅川の荷物をまとめるのを手早く手伝う。浅川は直接駐車場に車を着けて彼女を乗せ、その足で所轄に相談に行くという。浅川が向こうに着くまでは、同僚が一緒に待っていてくれるらしい。

荷物をまとめて車に乗り込む前に最後にもう一度謝る浅川を、二人して見送る。

キャンプ場を出てゆく車の赤いテールライトを見送ったあと、肩を並べてテーブルに戻りながら高梁は飯田を見上げた。

「ハルカさんのストーカーの件」

呟くと、飯田は視線だけでその先を促す。

「ハルカさんはすごく怖い思いもしてるし、気の毒なんですけど…」

高梁は言葉を切ったあと、小さく首をすくめた。

「でも、浅川さんとは本当にラブラブなんですね。なんか羨《うらや》ましいなって」

犬伏には最近、どうも新しく彼女が出来たのではないかと噂《うわさ》がある。

噂を聞いた時にはかなり落ち込んだが、どちらにせよ実るわけのない恋だと自分を慰めた。

これから先も浅川のような恋愛沙汰には無縁な自分にとっては、ストーカー絡みであっても、あんなふうに誰かを愛し、愛され、何か起こった時には真っ先に相手を頼るような関係は、不謹慎なのかもしれないが少し羨ましい。

「まぁな。普段、男所帯の寮だから、よけいにああいう可愛い子相手だと癒《いや》されるし、その分、妙な男が寄りつくんじゃないかと心配になるんだろうな」

それはわかる。訓練中も独身寮も、四六時中男しかいない。他の警察官と違って仕事もプライベートでも他部署とはまったく隔離されているし、女性警察官との接触もない。

命まで張ってるっていうのに女っ気のひとつもない、拷問《ごうもん》に近い孤立した職場だと馬淵がぼやいていたが、確かに女っ気などは欠片《かけら》もない。

それこそ彼女など出来れば、意識もひたすらそこに傾くだろう。

「飯田さんもハルカさんみたいなタイプが好きなんですか？　なんか、ふんわり可愛くていいですよね」

自分が昔、高校時代、施設に入る前に何度か一緒に帰った女の子も、ああいう華奢で笑顔が可愛いタイプだったなと高梁は思い出す。

告白もなく、何度か一緒に肩を並べて帰っただけで、つきあっていたとも言いがたい状況だったが、昔はあんなふうに女の子を可愛いと思った時期もあった。

母親の死や高梁の転校などもあって、もうあれきりになってしまったが、今も相手を可愛いと思っていた甘酸っぱい想いだけはふわりと思い出す。

高梁はその後の施設での生活で、女性に対して性的に恐怖に近い感情を持つようになってしまった。

今でもやはり高梁を性的に蔑む声や視線が蘇り、異性を前にすると身の内が固くすくんで萎縮してしまう。可愛い、ふんわりした雰囲気の女の子であっても、胸の奥が不安で重苦しくなる。

それでもあの十五前後のときめきだけは、それとは別に母親がいた頃の幸せな思いと共に残っている。自分が今も女性を愛せるなら、ああいうタイプを好きになるのだろうか。

ひとりで自分を慰める際、どうしても犬伏を思い描いてしまうような今の状況では、とても考えられないが…。

それとも思春期の状況的に女の子を可愛いと思っていただけで、本質はゲイだったのだろうか。

誰かとつきあったこともない今のままでは、それすらも確かめようがないけれども…、と高梁は胸の内で小さく自嘲する。

「…いや、俺は…」

飯田が口ごもるのに、高梁は視線を上げる。男はどこか気まずそうな視線を揺らした。

間《ま》が重い。

これまで何度か飯田と話した時、いつもこんな反応で話があまり続かなかった。

さっきまではそれなりに話も出来ていたように思っていたが、それは陽気な浅川がいたせいだろうか。

「…すみません、出過ぎたこと聞いちゃって」

ちょっと親しくなれたような気がして、よけいなことまで口にしすぎたかと高梁は詫びる。好ましい話題、そうでない話題は人それぞれで、飯田にとっては何がそうなのかとはっきりわかるほどに親しくない。

「…いや、ふんわりっていうより、いつも一生懸命で頑張ってる子がよくて…。今も…十分に可愛いんだけど…」

しどろもどろになった飯田は困惑しきったように、短めの髪を何度も指でかき上げる。

「ごめん…、あまり上手《うま》くいえない」

高梁と視線は合わせないが、ランタンの明かりの下、引きしまった顔立ちはうっすら赤くなっているようにも思えた。

別に高梁によけいなことを聞かれたと、不快に思っている様子はない。歯切れの悪い口調や赤く染まった顔などを見るに、単に恋愛談が得意でないだけなのかもしれない。

この言い分だと、飯田にも誰か気になる相手がいるようだ。むしろ、高梁が知らないだけで、年齢的にも誰かつきあっている相手がいても不思議ではないだろう。

ただ、それについて高梁が突っ込んで聞いていいかはよくわからないので、高梁はテーブルの上の飯田の皿を指差した。

「料理、冷めちゃったんじゃないですか？　温め直しましょうか？」

「いや、大丈夫だ。十分美味いし」

アキラはよく気がつくな、と飯田は呟《つぶや》く。

「…それより悪かったな。なんか二人きりになっちゃって」

ずいぶん申し訳なさそうに広い肩を狭めて恐縮する飯田に、高梁は破顔する。

「いえ、飯田さんとこういう風に話すのってあんまりなかったですし、嬉しいです」

答えると、飯田はそうか…と、また気恥ずかしそうに笑った。

長袖《ながそで》Tシャツの上に厚手のニットパーカー、デニムという格好は、高梁とほとんど変わりない。高梁は下がカーゴパンツだが、この時期のアウトドアともなると似たような格好だ。山あいは朝夕がかくんと冷えるので、ひと月前の服装に近い。

角刈り、スポーツ刈り率の高いSAT隊員の中で、飯田もご多分に漏れず、髪は短めだった。しかし、もともとの顔立ちは悪くないほう、むしろ男らしく整っているほうだと思う。目は切れ長で眉や鼻のラインは高くまっすぐだ。口許はいつも固めに引きしまっている。余分なもののない、すっきりした印象というのだろうか。

身長もあるし、身体のバランスがとてもいい。橋埜のように腰の位置が高くてスタイルのよさが目立つタイプではないが、肩幅も胸の厚みも一定以上はあり、体幹は締まっているし筋肉もきれいに乗っている。

ただ、女性のいる職場ならそれなりにモテるだろうなと思うが、男ばかりが揃った環境では普段は顔立ちのよさも四肢のバランスのよさも、特にもてはやされることもない。

本人が黙って着々と仕事をこなすタイプなので、仕事面での評価は高いし信用もあるが、飯田が自分から何かをアピールすることもないので、それ以外の突出した個性みたいなものが見えない。

そのため、浅川のように親しい同期なら色々と理解しあえるのだろうが、結果的に後輩にとってはあまりよくわからない人という評価となってしまう。

以前、馬淵に『いい男なんだけど、色々と宝の持ち腐れだ』などと言われていたが、まさに今の環境においてはそんな印象だった。

「高梁とは少し話もしてみたいと思ってたんだが、俺はこのとおり、話も上手くないから…。そんなに気さくに声をかけてやれなくて悪かった」

飯田は訥々《とつとつ》と謝る。そう真っ向から謝られると逆に困ってしまうが、でも真面目で誠実な人なんだなと微笑《ほほえ》ましくなった。

これまでも時々、飯田と目が合うとは思っていたが、悪いように思われていなかったなら嬉しい。むしろ、二班に来てくれと言われた時、最初は驚きとショックとでとっさに返事も出来なかったことを申し訳なく思う。

「アウトドアされるんなら、これからも声かけてください。俺、休みの日は暇ですし」

「釣りもするんだっけ？　そういえば、ツールナイフ、色々集めてたよな？」

「あれは…、俺が軽率で本当にすみませんでした」

かつて合宿で抜き打ちの荷物検査があった際、管理官にツールナイフの所持について叱責《しっせき》された。あの時には犬伏だけでなく、飯田にも庇ってもらったことを思い出し、高梁は目を伏せる。

確かに三本も持ち出す必要はなかった。せいぜい一本程度にしておけば、まだ管理官にもなんとか言い訳が立ったのだろうが、山中での野外訓練と聞いてついアウトドアの感覚で持っていってしまった自分に思慮が足りなかった。

遠足と聞いてはしゃぐ子供のような、軽率で考えなしな行為だったと思っている。

「いや、好きなのは知ってるんだ。今日はどれ持ってる?」

「あれに懲《こ》りて、もう一本だけにしてるんですけど」

今日のはアウトライダーっていうシリーズなんですと、高梁はカーゴパンツのポケットに入れていたものを取り出す。

ナイフの他、栓抜きやコルク抜き、ハサミ、ドライバーなどを巧みに組み込んだ精巧なツールナイフはアウトドアではとにかく重宝する。

しかしそれ以前に、各ツールの精巧さと製品の完成度の高さそのものが小さな宝箱のようで、多分、男ならほとんどが無条件に所有欲をくすぐられる。

高梁はこのツールナイフを色々と集めている。

有名なところでは、ビクトリノックスやレザーマンというメーカーがあり、安いものでは二千円弱、高くても特殊な限定品でない限りは一万前後といったところなので、本当にささやかなコレクションだ。

昔、父親に釣りに連れていってもらった時、父がツールナイフで器用に魚を絞めたり捌《さば》いたりするのを、いつもわくわくしながら見ていた。父の死後、形見としてずっと大事にしていたが、施設に入る際に危険物として処分されてしまった。

それが何とも悔しく残念で、給料をもらえるようになって初めて、同じものを探した。

組み込まれるツールは用途によって幾種類もあって、そのツールの組み込み方で値段も変わってくるのだと知ったのはその時だった。

もともとこんな精巧なツールが好きなのもあって、以来、少しずつ収集するようになった。

工具好きの馬淵は、今ではいいコレクション仲間だ。

飯田もツールナイフそのものは、嫌いではないらしい。ツールをひとつひとつ取り出しては、用途を聞かれる。

一本、性能のいいのが欲しいが、どれがいいのか迷っていると言われ、よかったら今度選ぶのにつきあいますと応じている時は楽しくて、時間を忘れて話していた。

「すみません、俺、道具関係の話になると時間を忘れてしまうんで…」

ふと腕の時計に目を落とした高梁は、慌てて口を押さえた。

シンプルなキャンプ場で道路からも離れているため、灯《とも》した二つのランタン以外、付近には明かりも何もない場所だった。夜には野生動物が食べ物を求めて徘徊もする。

そのため食器は寝る前にすべて洗って臭《にお》いを流し、食品関係は漁られることのないよう、極力片づけてしまわなければならない。

二人がかりで食器などをまとめると、手分けして手早く片づけてゆく。

高梁がテーブルの上を拭いている間に、飯田が手際よくテントやタープの張綱をチェックして、テント内の換気をすませてくれる。

「飯田さん、よかったら先にシャワー使ってきてください」

一応の用心もあり、ひとりはテントに残ったほうがいいだろうと高梁は飯田に上の管理棟横でのシャワーを勧める。飯田がＬＥＤライトを手にタオルを抱えて行ったのと入れ違いに、高梁は荷物と寝床の整理などをするためにテント内に入った。

テント内に足を踏み入れて、高梁は浅川と飯田によって丁寧に作り上げられた寝床に思わず微笑む。

断熱性の高いフロアマットの上にエアベッドが置かれ、敷き布団代わりに封筒型の寝袋《シェラフ》を開いて一枚にして敷いてある。さらに掛け布団代わりに開いた寝袋と、枕となるキャンプピロー、浅川が必須だと持ち込んだ毛布もちゃんと人数分揃っている。今日はこれを二人きりで使うのかと思うと、さらに贅沢《ぜいたく》な気分だった。

テントの大きさに余裕のあるせいだろう。荷物も枕許に来るように揃えてある。これまでの定員ぎりぎりがミノムシ型の寝袋を使って雑魚寝《ざこね》というキャンプでは、こんなに広々と快適な寝床はなかった。

六畳弱ほどの広さは十分にあるテント内に、毛布と共に整えられたいっぱしのベッドが据《す》えられている。

高梁のいた施設では六人がひと部屋に暮らし、警察学校では四人部屋だった。前の寮でも今の寮でも、二人ひと部屋の高梁にとってはとんでもなく豪華な空間だ。

少し前にモンゴルを舞台にした歴史小説を読んだせいか、温かなランタンの光もあって、ちょっとした遊牧民の天幕気分だと勝手に悦に入る。

施設や寮ではテレビなどを自由に見ることも出来なかったので、その分、図書館などで借りてきた本を読んで様々にその詩や小説の世界を想像するのが、高梁にとってのささやかな楽しみだった。

枕許にはもう飯田によって、ちゃんとテント内で使えるLED式ランタンの他、懐中電灯や水なども揃えられていて、就寝のためのほとんどの準備は終えてあって助かる。

ここしばらく、キャンプはご無沙汰だなどと言っていたが、やはり優秀な人は多少のブランクがあっても押さえるべきところはきっちり押さえるんだなと、高梁は替えの下着やタオルを取り出しながら思った。

飯田より先に寝床を荒らさないよう、マットの端に座って川のせせらぎの音をぼんやりと聞く。柔らかなランタンの光と途切れることのない水音が気持ちいい。

これまであまり接触はなかったが、飯田がいい先輩でよかった。心配しながらも一班を送り出してくれた犬伏の面目も立つよう、二班でも頑張っていきたいと思う。

「悪い、待たせたな」

さほど待つこともなく、飯田が戻ってくる。

「シャワー用の小銭あるか？」

「大丈夫です、行ってきますね。なんでしたら先に寝といてください」

高梁の言葉に飯田は小さく笑った。

「それぐらい待つ」

飯田の言葉に頷き、高梁はライトを受け取ってテントを出た。

シンプルな施設だがそれなりに広さのあるキャンプ場なので、上のシャワー棟までやや距離がある。空を仰げば星が出て眩《まぶ》しいのではないかと思っていたが、今日は意外に雲があるようで何も見えなかった。月もない。

山あいの川瀬にいるせいか、気温が下がってくると共に、少し湿度が上がってきた気もする。星の見えないことを残念に思いながら、高梁は砂利《じゃり》の坂を上がっていった。

がらんとしたシャワー棟でざっとシャワーを浴びる。

服を着込んだところで、ぱらぱらっと屋根を叩く水音がした。

何の音だろうと天井を仰ぐと、すぐにそれがザアッという雨音に変わる。

高梁は驚いてシャワー棟の外へと顔を出した。さっきの湿度はこの雨の前触れだったのだと、今さらになって悟る。昼間は特に雨の予報もなかったので、念のためと持参したレインウェアもテントの中だった。

しばらく外を眺めてみるが、すぐにはやみそうにない雨だった。やむを得ず、着替えなどを小脇に抱え、タオルをかぶって急いでテントに戻る。

思っていたより雨脚は強く、冷たい。坂を途中まで下りたところで、下から上がってくるライトの明かりが見えた。

飯田が迎えに来てくれたのだとわかり、ほっとした。

「飯田さん！」

案の定、レインウェアを身につけた飯田は、傘を手に走ってきてくれる。

「大丈夫か？　急に降り出したから」

一本きりの傘を差し掛けてくれた男は尋ねた。おそらく他の傘は、浅川の車に乗ったままだ。

「すみません、いきなり来たのでびっくりしました。昼間は雨が降るって言ってなかったんですけど…」

遊牧民気分だなどと、さっきテントの中でぼんやりしているうちに、携帯で天気のチェックでもしておけばよかったと思う。

「いや、降水確率は今も三十パーセント程度だ。山あいは急に変わるからな。悪い、荷物をざっと見せてもらったんだが、すぐにはレインウェアがわからなくて」

飯田は高梁の肩が濡《ぬ》れないようにと、傘のほとんどを差し掛けてくれる。それでもまだ濡れると思ったのか、長い腕が高梁の肩を庇うように覆ってくれた。

「今日は荷物の下のほうに入れてるんでわかりにくいと思います。でも助かりました」

傘に入って下さいねと見上げると、俺はウェアを着ているからいいと飯田は短く制する。

「ずいぶん濡れて…、かわいそうなことをした」

飯田は自分のほうがひどい目にあったような顔で、高梁を労《いたわ》る。

そう言って、ねぎらってもらえることが嬉しい。もうこの人の班にいるのだなと、あらためて実感する。

それぐらい、どこの班も班長は班員を大事にしてくれる。それでこその連携力、チームワークだった。

その相手が犬伏でなくなったのは寂《さび》しいが、飯田も言葉は少ないが、犬伏に負けないぐらいに面倒見はいい人だと思う。

二人して互いを庇い合うようにして、足早にテントに戻った。

「タオルや着替えの予備あるか？　タオルはよければ、俺の使ってないのがある」

言いながら、飯田は自分の荷物の中からタオルを取りだして渡してくれる。

その間も、けっこう派手にテントの屋根を雨が叩く。

室内高が二メートル以上ある天井の高い大型テントで、屋根もインナーテントとその外の雨よけのフライシートの二重張りになっている。雨音はそのせいで若干こもった音に聞こえるが、テント内での雨音は考えていた以上に大きくて少し落ち着かない。

広いテント内に二人きりしかいないので、よけいに雨音が耳につくのかもしれない。

軽い夕立程度なら昼間のバーベキューや海水浴などで経験があるが、夜、こうしてテント内にいる時に雨に遭ったのは初めての経験だ。この派手な雨音の中で、眠れるだろうかと不安にもなる。

それともしばらくすれば、この雨も落ち着くだろうか。

「すみません、そうさせてもらいます。長袖シャツは予備があります。ズボンはないですけど…、明日までに乾くかな…」

最悪、多少寒くともレインウェアのパンツで帰ればいいだろうと、高梁はかなり派手に濡れたスエットシャツを脱ぐ。続いて、裾《すそ》が完全に濡れて水を吸ったカーゴパンツと靴下も脱ぎ去る。脱がないと、濡れた衣類のせいで身体を冷やしてしまう。

ざっと身体を拭《ふ》いていると、雨の侵入がないように外の防水のフライシートをチェックしてくれたらしき飯田がレインウェアを脱ぎながら戻ってきて、少し驚いたような顔を見せた。

「すみません、下着はなんとかギリでセーフだったんですけど」

高梁は小さく頭を下げる。

「…いや。…それ、まだかなり残ってるよな」

飯田の低い呟きに、あ…、と高梁は脇腹に残った薄赤い跡を押さえる。

去年、野外訓練時にヒルに嚙《か》まれた跡だ。人によっては長ければ一年以上跡になって残ると言われたが、案の定、傷口がようやく治った跡もまだ赤味が消えずに残っている。

色素の薄い分、高梁はよけいにそれが目立つらしい。脇腹ばかりでなく、背中などにも何ヶ所も散っている。

いつまで経《た》ってもキスマークだとからかわれるし、傷はすでに消えてしまっている分、実際にヒルの嚙み跡だと知らなければそう思われても仕方ないような鬱血《うっけつ》跡に見える。

「なんか、なかなか消えなくて…。ちょっと恥ずかしいです」

高梁は肩をすぼめて笑うと、濡れた髪を拭きにかかる。

ふっと温かな手が、後ろから首筋に触れてきた。

ちょうど襟口のあたりで、そこにも丸々と太ったヒルが喰《く》いついていたことを覚えている。

今はやはり、薄赤い跡になっているはずだ。

「俺、あの時、ここに貼りついてたヒル見た時に、卒倒しそうになって」

「…ああ」

低い声が答える。

丸々と太ったヒルの存在に、悲鳴が声にもならなかった時だ。確かくらりときたところを、飯田か誰かに支えてもらった。多分、火で炙《あぶ》ってヒルを落としてくれたのも飯田だ。高梁自身、見たこともなかった得体の知れない生き物に何ヶ所も吸いつかれてパニック状態だった。そんな隊員らが何人も同時に恐慌《きょうこう》状態を起こしていたので記憶から飛んでしまっていたが、今になって思えば飯田だった。

高梁が班で一番若手なので縦列の最後手にあたり、班では二番目格だった飯田がしんがりを務めていたから、あの時、後ろで支えてくれたのもわかる。

「すっごい格好悪かったですよね。あれ、助けてくれたの、飯田さんじゃなかったですか？　俺がぶっ倒れそうになった時支えてくれたのも、ヒル取ってくれたのも」

飯田は高梁ばかりでなく、犬伏の指示に従って着々と他の隊員らも手当していたから、助けたのは高梁だけではないだろうが、思い出すとやはりありがたい。

身体のあちこちに貼りついている不気味な軟体動物を一刻も早く取りたいのに、自分ではぶよぶよした生き物には触ることも出来なかった。

ヒルなど生まれてこの方、見たこともないという隊員がほとんどだった。凶悪犯やテロ犯相手にひるまず対峙《たいじ》することは出来ても、そんな見たこともない膨れた軟体動物は、生理的にダメだという男が多かった。あちこちから悲鳴が上がっていた。

誰かが力尽くで引き剝《は》がすと血が噴き出して、それを見てさらにどうしていいのかわからなくなった。それを飯田があの時、低い声で何度もなだめながら、ひとつずつ取り除いてくれた。

「…ああ、俺だ」

あの時と同じ低い声に答えられ、ありがとうございました…、と高梁は笑って首をすくめる。

大きな手はまだ首筋にある。その温かな手の感触が、ゆっくりと首筋からうなじのあたりを辿《たど》るのに、高梁は軽い違和感を覚えた。

濡れた髪を拭いたタオルを胸に抱き、自分の後ろに膝をついた男を振り返りかける。

熱っぽいくちびるの感触が、うなじのあたりに押しあてられ、高梁は一瞬固まった。

「…え?」

身じろぎも出来ずに、浅く息をつく。

男の熱い唇がうなじから首筋、耳許に押しあてられ、ゆっくりと這《は》う。

その傍ら、大きな手が高梁の湿った髪を撫《な》で、耳朶《じだ》をなぞり、頬《ほお》から頤《おとがい》までのラインを確かめるように撫でる。

「…え…?」

何をされているのか半分は理解できるが、どうして自分が、どうして今ここで?…などという疑問が頭の半分を占めていて、とっさにどうすればいいのかわからない。

その間に後ろから痛いほどにきつく抱きしめられ、よりまざまざと今の状況を認識させら

れる。

「飯田さん…？」

ようやく喉《のど》の奥から押し出した声は、くぐもってかすれている。

「アキラ…」

低いが熱っぽい声で耳許近くで名前を呼ばれると、ゾクリと背筋が震えた。

逞《たくま》しい腕に抱き込まれた身体のほうが、勝手に反応している。

死にものぐるいで抵抗すればいいのか、大声で拒否すればいいのか、冷静に諭《さと》せばいいのか…、結局どれとも出来ずに強く抱きしめられたまま、何度も耳許や首筋、肩口に口づけられる。

屋根を叩く雨音は遠く、焦る自分の浅い呼吸だけがやたら耳につく。

抱きしめられていると、驚くほどに温かい。その温かさとうなじへの愛撫《あいぶ》に、また背筋がゾクゾクと震える。剝《む》き出しの腹部や脇腹を、大きく温かな手でまさぐられるとじわりと覚えのある官能が腰から湧《わ》き上がってくる。

こんなにリアルに人肌の温《ぬく》もりを感じたのは初めてだった。うなじのあたりが、自分でもそれとわかるほどにぼうっと熱くなる。

反応をはじめた下肢《かし》を悟られたくなくて、とっさに身を捩《よじ》る。前のめりに逃げようとしたところを、身体を重ねるようにして追われ、マットの上にもつれあって倒れ込んでしまう。

「困ります、俺…」

身体を仰向《あおむ》けられ、口をついて出たかすれた言葉は、驚くほど間の抜けたものだった。到底、拒否には聞こえない。

かといって、飯田相手にやめろと怒鳴るわけにもいかない。

動揺のあまり、声もほとんど出ない。

「俺…」

なんとか這い逃れようとマットの上で身を捩るが、強い力で引き戻された。

がっちりしたデニムの太腿《ふともも》に、下着一枚越し、形を変えはじめたものがこすれ、高梁は小さく悲鳴に似た息を洩《も》らす。

「なんで、こんな…」

こんな場所で飯田がまさか…、と高梁は自分を押さえつけた男を見上げた。

整った顔が苦しげに歪《ゆが》んで、飯田のほうが辛そうにも見えた。

彼女がいるとは聞いてないが、モテないとも思えない。男が好きだという話も特に聞いたことがない。

「…俺、困るんです」

他に言いようがなくて震える声を押し出すと、ごめん、と飯田が呟いた。

「好きな相手がいることは、知ってる…」

押し殺した低い声でささやかれ、高梁は目を大きく見開いた。顔が火を噴いたように真っ赤になるのが、自分でもわかる。

誰を、どうして、いつから、どこまで知って…、そんな言葉がグルグルと渦巻き、次の言葉が思いつかない。目を見開いたまま、ただ口だけで浅く何度も呼吸する。

その唇を男の指が何度かなぞった。

「アキラ…」

かすれた声で名前を呼ばれると、やはりぞくりと背筋を甘く這い上る感覚がある。

「…ぁ」

小さく声を洩らした唇を、上から唇で塞《ふさ》がれる。

高梁にとっては初めてのキスだ。

他人の唇の感触は、思った以上に熱っぽく柔らかい。

何度か角度を変えて、啄《ついば》むようなキスを施される。呼吸のタイミングがわからず、途中で焦って息を吸うと、開いた唇をするりと舌先でなぞられた。濡れた感触が生々しくて、慌ててぎゅっと固く目を閉ざす。

また次の息のタイミングがわからず、今度は唇の合わせ目をゆるく撫でられた瞬間、少しむせた。

けほっ、とみっともなく咳《せ》き込んだところを、頭を柔らかく胸許に抱き込まれる。剝き出しの背中の下にするりと潜り込んだ手が、喘《あえ》ぐ胸の裏側をそっと撫でてくれた。

たったそれだけのことに、ずいぶん安心する。

「…すみません」

みっともなくむせたことをつい謝ってしまうと、微妙に苦笑される。

「いや…」

可愛い…、という小さな呟きと共に、こめかみや頬骨の上にやさしいキスが降ってくる。

大切に扱われている…、そう思うと、さっきまでの焦りとは別に胸がきゅっと疼《うず》く。

何も経験のないことなど、今の反応でわかっただろうし、さっきの言いようではつきあう相手もいないことを知っているだろう。

「アキラ…」

太く低い声で名前を呼ばれ、高梁はそっと瞼《まぶた》を閉ざした。震える睫《まつげ》毛の上にさらに小さくキスが落とされる。これでは合意だとみなされても仕方ないだろうと、高梁はさらに固く目を閉ざした。

頬を撫でていた指の先で、やんわりと唇を割られる。それに応じてかすかに唇を開くと、あらためて舌先で唇の間を割られた。上唇、下唇と舌先が辿るにつれ、心臓がバクバクと音を立てて躍り出す。

テントの屋根を叩く雨音より、自分の鼓動や荒い息遣いのほうが耳についた。

濡れた舌先が触れあった時には、腰のあたりに軽く電気が走ったように思えた。おどおどと口中で惑う舌先をからめとられ、やさしくくすぐられ、ぼうっと頭の奥が痺《しび》れてくる。唇ごとやさしく噛むようにされると、少しずつそのキスに応えてしまう。

好きな相手がいることを知っていると言っていた。それが犬伏だということも、あの言いようでは飯田は知っているような気がする。

自分の名前を呼ぶ飯田の低い声が嫌いではない。いきなり組み敷かれたことに驚いたが、やさしく扱われていることはわかる。肌寒いテントの中、触れあう人肌は心地いい。

どうせ叶《かな》わない気持ちだから…、と高梁は閉ざした瞼の裏で思った。

飯田の意図はわからないが、高梁にも一人前に欲望はある。

キスの合間、首筋や肩口、背中を撫でていた手が、やがて何もない平らな胸を撫でてくる。女の子でもないのに、そんな真っ平らな胸を撫でて楽しいのだろうかと思ったが、無理のない力で胸をソフトにこねられるのは、思うよりも悪くなかった。むしろ、気持ちいい。

「…ん」

乳暈《にゅううん》を指の腹で柔らかく引っかけられるようにされ、思わず声が洩れる。全体的に色味の薄い高梁の身体は、そこも淡いピンク色だった。

「アキラ、可愛い…」

呻《うめ》くように呟かれ、ほとんどできなかった抵抗も放棄した。乳暈ごと何度か舐《な》め、軽く甘嚙みされると、下肢に滾《たぎ》るような感覚を覚える。

自分で触れた感触と、他人の指が触れる感触は全然違う。あるかなしかの小さな乳頭を弄《いじ》られ、大事そうに舐めしゃぶられると、その度に腰まで甘い痺れが走る。

「…っ」

上擦った声が時折洩れるのを、唇を嚙みしめてこらえていると、すっかり形を変えたものを下着越しにやんわりと握られた。

「…っ！」

握られて初めて、そこが隠しようもないぐらいにぐっしょりと濡れて染みになっていることに気づいた。握りしめられ、やんわりとこすられるとクチュクチュ…と泣き出したいほどに恥ずかしい音がする。

それがどうしようもなく生々しくて、身を捩ろうとすると、逆に広げられた毛布の上に抱き戻される。さっきまでの綿の寝袋の感触とは異なり、温かい毛布に粟立《あわだ》ちかけていた肌も落ち着く。

「アキラ」

つんと尖《とが》った乳頭を執拗《しつよう》なまでに舐め齧《かじ》りながら、男は今度は下着の中に手を差し入れ、直接に濡れたものを握りしめてきた。

「…んっ」

直接に他人の手によって握られた経験もないものを、飯田の手は何度も愛しげに握り込み、ゆるく強く緩急をつけてこすってくる。

「ぁ…、飯田さん…」

その巧みさに思わず濡れた声を洩らし、高梁は腰を揺らした。違うと思っても、一度火がついてしまうと、他人の手による刺激を知らない身体は呆気《あっけ》なく陥落する。

アキラ、アキラと何度もやさしく名前を呼ばれると、混乱しながらも甘えた声を上げてしまう。ツンと勃《た》ち上がった小さな乳首を甘く吸い立てていた舌が離れるのには、小さく抗議の声さえ洩らしてしまった。

「…え?」

意外に器用な動きを見せる男の手が、湿った下着をさらに押し下げる。

完全に露出した性器をやにわに口中に含まれ、高梁は目を見開いた。

「え…、そんな…っ」

あ…、とその口腔《こうこう》の温かさとなめらかさに、抗議の声もうっとりとした吐息に変わる。

「あ…、あ…」

大きな口中にすっぽりと根本まで包まれると、そのあまりの心地よさに爪先《つまさき》が反りかえった。ゆっくりと臀部《でんぶ》をこねられ、内腿を撫でられ、初めての口淫《こういん》に溺《おぼ》れる。

ジッパーを下ろすかすかな音に、口淫を施す男が自らをこすり、慰めているのだとわかったが、それを咎《とが》める気にもなれなかった。それほどまでに、濡れて温かな男の口中にすっぽりと含まれているのは気持ちいい。

甘えた声を上げながら夢中で腰を揺すり、温かな口内になめらかに吸い上げられる感触を堪能したが、その快感の強烈さにすぐに覚えのある感覚がやってくる。

「…ぁ、出る…、出る…っ」

放してほしいと頼むと同時に、腰から二度、三度と大きく痙攣《けいれん》に近いうねりが起こる。最初は飯田の手の中に放出したが、二度、三度と腰をふるわせた時には、男はそれを口中で受けとめた。

先端に舌を押しあてられ、溢れる精液を次々と吸い、舐め取られるのは、声も出ないほどの強烈な快感だった。

しばらくは声も出せない。射精の余韻にただ下腹を何度かひくつかせ、喘ぐように空気を貪《むさぼ》る。

ランタンの明かりに照らされたテント内に、淫靡《いんび》な空気が漂うのを高梁はぼんやりと鈍く瞬き、見上げる。

太腿のあたりまで下がっていた下着をさらに押し下げられ、両脚から抜かれる。その生々しい間《ま》に、さすがに後始末は自分でしようと高梁は身体を捩り、身を起こしかけた。

「頼むから、じっとしていてくれ…」

吐きだした精を最後の一滴まで舐め取ってくれた男に低く喘ぐように言われて、また動けなくなる。

飯田は身を起こすと、手に受けた高梁の白濁を剝き出しになった腿の内側に塗りつけた。

「…え？」

とっさにそれが何を意図してのことかわからず、高梁はされるままに無防備に両脚を開く。

飯田はデニムの前立てから覗いていた猛《たけ》ったものを、抱え上げた高梁の太腿に臀部側から挟み込むようにする。

ずっしりと重さと太さのある男の生殖器を濡れた臀部と太腿の間に差し入れられ、高梁はただなされるがままに飯田を見上げていた。

膝を揃えて両脚を抱えられ、逞しい肩に担ぎ上げられて屈曲位に近い体位を取らされる。

濡れた内腿の間で、男は荒い息と共にゆっくりと腰を動かしはじめた。

「あ…」

熱いこわばりに、今放ったばかりの自分の性器を裏側からこすり上げられ、その未知の感触に高梁はまた目を閉ざす。セックスに対する生々しさと羞恥《しゅうち》が、すぐに快感にすり替わる。

吐き出した白濁で濡れた腿の裏側から会陰部、そして高梁自身を飯田の猛ったものでこすり上げられると、まさに飯田自身と交わっているような気分になる。

高梁の両膝を抱いた飯田の手が高梁自身にも伸びてきて、飯田のものとあわせてその手の中に握られる。

「…ぁ…、そんな…」

呟いてみたものの、内腿を突く動きと共に手淫を施されると、腰の裏側から蕩《とろ》けるような快感が生じる。

「あっ…あっ、あっ…」

自分の放つ短い声が甘ったるく濡れて、テント内に満ちてゆく。

この淫《みだ》らな感覚が好きだと思う。強《し》いられるまでもなく、飯田を挟み込んだ内腿を自ら締め上げ、迎え入れるように腰が動いてしまう。

「アキラ…、アキラ…」

切なそうに何度も名前を呼ばれ、誰にも触れさせたことのない箇所を男根で蹂躙《じゅうりん》されることを許した。

握りしめられた性器が、まだ恥ずかしげもなく雫《しずく》をこぼし、男の手を濡らすのがわかる。

両脚から尻《しり》の間までもすでにぐっしょりと濡れて、こすれるたびに卑猥《ひわい》な音がしてよけいに昂《たか》ぶってしまう。

さっき昇りつめたせいか、そこから絶頂までは、またすぐだった。

「あっ…、あっ…」

上擦った声と共に、二度目の吐精を迎える。それとほとんど同時に、飯田も低く呻きながら高梁の下肢の間を白く汚した。

濡れた両脚を開かれ、がっしりした男の腰を挟み込むようにされる。身体を開かれたその格好で、何度も何度も、恋人のような濃厚な口づけを受ける。

舌が痺れるほどに口づけを受けて、息も上がった。

高梁の口中をとろりと吸い上げた飯田が、投げ出してあったタオルで二人分の精液に濡れた下腹を拭《ぬぐ》ってくれる。

ぼんやりとそれを見ていた高梁は、まだうまく力が入らない怠《だる》い身体を起こし、何とか後始末を自分ですませようとした。

身を起こしかけたところを腰ごと横抱きにされ、言葉もなく俯《うつぶ》せにされる。

「…え？」

高梁を毛布の上に四つん這いにした男は、また背後からゆるやかに覆いかぶさってきた。

「…ぁ」

吐精しても硬度をまったく失っていないものが臀部にあたるのに、高梁は反射的に逃げようとした。

「アキラ…」

熱っぽい声が名前を呼び、逞しい腕にその腰を抱き戻される。

「あ…」

もう無理だと首を横に振ったが、濡れそぼった太腿の間に、さらに剛直を割り入れられ、そのこわばりを腿で挟み込むように強いられる。

さっきも思ったが、平均よりもはるかに太く大きい。それが濡れた脚の間にはっきりと硬度と共に意識されると、少し怖くも思えた。

逃げようと前のめりに伏しかけた身体を抱き寄せられ、胸許に抱き寄せられた。腰ばかりを高く掲げた卑猥な自分の格好を意識すると、また顔に朱が上る。

思わず毛布に顔を埋《うず》めると、男の手が薄い胸許をまさぐってくる。赤く小さく尖った乳首をつまみ、背後から突くように腰を揺らされると、反射的に短い声が洩れる。

「…ぁ…っ、あっ…」

濡れたジュクジュクという音と共に、男の生殖器に後ろからこすられたものが、また節操なく勃ち上がってくる。それを前にまわされた大きな手が握りしめ、心地よく扱《しご》いてくれる。

突き出した臀部に飯田の腰が打ちつけられる音が、リズムよく響く。

それが気持ちいいと思ってしまうと、もう駄目だった。

「…あ、…あ」

甘えた媚《こ》びるような声を洩らし、高梁は挟み込まされた男の威容を内腿で締め上げてしまう。

自らも迎え入れるように腰を揺らして、高梁は飯田の欲望に仕えた。

Ⅳ

カシャカシャと外で何かが触れあう音で、飯田は目を覚ました。

朝の光ですっかり明るくなったテント内は、敷布や毛布がやや乱れた状態だったが、目も当てられないという状況ではない。

かたわらには高梁の姿はないが、昨夜、いくつも散らしたティッシュはきれいに片づけられていた。エアベッドの上の毛布や寝袋の皺《しわ》をある程度伸ばしたのも、高梁だろう。

夜半、雨がやむ頃まで、何度、高梁の脚の間を濡らしただろう。

頭の中で何度も喘がせた相手と二人きりで、しかもその相手が無防備に横で服を脱ぐ。ほっそりと白い身体を前にすると、もう止まらなかった。

一度組み敷いてしまうと、そのほっそりした身体の反応のよさに自分でも呆れるほどに夢中になってしまった。

初々しい、押し殺したように甘い声も想像以上に可愛くて、もう許してくれとむずがられるまで抱き潰《つぶ》したようなものだった。

最後、高梁はほとんど反応できなくなって、そのまま気を失うように突っ伏して寝入ってしまった。その身体を丹念に拭い、新しい着替えを着せかけて毛布と寝袋で包《くる》みこみ、後ろから抱きしめて寝た。

多淫による疲れはあるが、それ以上にようやく想いを遂げたという満足感、充足感のほうが強い。

高梁も最初はいくらかの抵抗を見せたが、かわいそうに飯田相手だと、困るという言葉以上の強い拒否を向けられなかったようだった。気持ちを抑えられず、それにつけ込んだのは飯田だった。

それでも途中からキスに応じ、腰を揺らして、可愛く淫らな一面を見せてくれた。押し殺そうとした声が上擦って洩れる様子は、これまで頭の中で色々妄想したどの反応よりもつつましいくせにいやらしくて、我を忘れた。

高梁はまだ二十歳を越えたばかりだ。一度身体が反応をはじめると、どうにも暴走して止めようのない男の生理があるのは、自分にも経験があるからわかる。

色素も体毛も薄い高梁の身体は後ろの窄《すぼ》まりまで淡い色合いで、それが高梁の興奮にあわせて開いたり窄まったりするのを見ると、何度そこを征服したくなる蹂躙《じゅうりん》に駆られたかわからない。

何もかもが初めての状況でさすがにそれは駄目だと何とか思いとどまったが、その代わりになめらかで張りのあるすべすべした内腿の感触には、我を忘れるほどに溺れた。まさに高梁がぐったりと動かなくなるまで抱き潰したという自覚はある。

外でかすかに砂利を踏む音は、タープの下ぐらいの位置だろうか。すぐ近くに高梁がいると思うといてもたってもいられず、飯田は身を起こした。

靴に脚を突っ込むのももどかしく、テントの外に飛び出る。

「アキラ！」

飯田の勢いに、タープ下の椅子にどこかぼんやりした表情で座っていた高梁は驚いたように目を見開く。

「あ…」

そして、わずかに声を洩らしたあと、いたたまれないような表情で目を伏せた。

かなり憔悴《しょうすい》したその様子に、飯田は一瞬、言葉を失う。

着せかけた長袖シャツに昨日のパーカーをまとっているが、カーゴパンツはまだ乾かなかったのか、レインウェアのパンツを身につけている。

全体的に色素が薄いせいか、目のまわりがくすんで青黒く見える。肌寒さのせいもあるが、形のいい小さな頭を支える、パーカーの襟から覗いた細い首まわりが痛々しい。

「…おはようございます」

かすかな声だったが、それでも律儀に挨拶を向けてくれることにほっとして、飯田はその膝の前に膝をついた。

「その…、昨日は本当に悪かった」

飯田の言葉に、高梁は気まずそうに目を伏せる。

「謝って許されることじゃないけど…。何だったら殴ってくれてもいい」

飯田の言葉に、そんな…、と高梁は呟く。

テーブルの上には朝食の支度なのだろう。割り解いた卵の横に切ったバゲットが置いてある。パーコレーターにはすでにコーヒーもセットされているようで、あとは火にかけるだけなのか、マグと揃えて置いてあった。

飯田にあれだけの真似《まね》をされても、生真面目に食事の用意をしてくれているところがいじらしくて、きゅっと脚の上で握りしめられた両手に思わず手を伸ばしてしまう。

「本当にごめんな。ずっと…、ずっとアキラのことは可愛いと思ってたから…、あんなふうに二人きりになるとたまらなくて…」

それでもやったことは最低だけど…、とつけ足すと、飯田に手を握られたままで、高梁はますますうつむく。

「身体、大丈夫か?」

低く問うと、小さな頷きが返る。

「その…、本当に悪かった」

いつもよりさらに幼く見える顔を下から覗き込み、飯田はさらに謝罪の言葉を重ねた。

「顔…、洗ってきて下さい。朝飯、作ります」

呟くように言われ、飯田は慌てて頷く。

「…ああ、そうだな」

立ち上がり、テントにタオル類を取りに戻ろうとすると、ずっとうつむいたままだった高梁が飯田を目で追っていた。その大きな目で言葉もなくじっと見つめられるのは、言葉でなじられるよりも何倍も応える。

「アキラ、…その、先に無理強いで手を出しておいて、ひどい言いざまなんだけど…」

テントの入り口に手をかけた飯田は、わずかに目を眇《すが》め、自分の様子を窺うように見る高梁に向き直る。

「よかったら、俺とつきあってくれないか？」

飯田の言葉に、高梁はまた困ったように目を泳がせる。

「今すぐじゃなくていい、考えておいてもらえないか？」

目を伏せた高梁にそう告げたあと、飯田は考え、つけ足した。

「もし、俺を許せないなら、橋埜さんにそう言え」

飯田の言葉が思いもしないものだったのか、高梁は驚いたような視線をこちらに向ける。

「お前を二班に引っ張る時、あの人を通して犬伏さんにも話つけてもらってる。その分、あの人はこういう真似は絶対に許すような人じゃないから…、アキラに納得のいくように処分を下してくれると思う」

高梁がそれを選択しても、状況的に無理はない。むしろ、今の状況でつきあってほしいと言い出されること自体が信じられないかもしれない。

なので高梁が相応の処分を望むと言うなら、おとなしく処分に従うつもりだ。

もし高梁が飯田に対して社会的制裁を望むというなら、自発的に隊を辞めて逃げを打つよりも、免職という形できっちり責任を取らされる方が、飯田にとっては立場的に厳しい。

しかし同時に、そう望まれても仕方がないだけの真似はしたと思った。

じっと黙って返事のない高梁をその場に残し、飯田はタオルや洗面用具を手に、上の水場へと向かった。

顔を洗い、髭《ひげ》をあたって、ようやく周囲を見まわす余裕が出てくる。

昨日の夜中までの雨で、周囲はまだずいぶん湿っている。山手にはうっすらと靄《もや》もかかっているが、その分、朝の日に照らされた景色はすがすがしいほどだ。

昨日、高梁はほとんど意識を失うようにして眠り込んでいたが、結果的によく眠れたのだろうか。朝食の下準備をほとんど終えていたことや、テント内をちゃんと整えてあったことを思うと、案外、眠りは浅かった、あるいは早々に目が覚めたのではないかと思う。

だとしたら、あまりに不憫《ふびん》すぎるし申し訳ない。

起きてすぐの浮かれた気分はかき消え、飯田は重苦しい気持ちでテントに戻った。

すでに高梁は小ぶりのフライパンでフレンチトーストを焼いているところだった。やがてそれをフライパンから皿に盛りつける。

「よかったら、冷めないうちに」

まだ視線を合わせないままに促され、飯田はその場で洗面道具をかたわらに置き、席に着く。軽く焦げ目のついたきつね色のフレンチトーストの甘く香ばしい香りが、怖いぐらいに食欲をそそった。

こんな状況で、すっかり腹が減っている自分には呆れるが、あれだけ夢中で人の身体を貪ったのも溺れたのも初めての経験だ。本能的なものかもしれない。

高梁はパーコレーターからマグにコーヒーを注ぎ、置いてくれた。ひんやりした朝の空気の中に濃厚なコーヒーの香りが漂い、これまた食欲を刺激する。

「どうして…って、聞いていいですか？」

もうひとつのカップにコーヒーを注ぎ、高梁は尋ねてくる。

これは昨夜のことだろうか、それともつきあってほしいと言ったことだろうかと迷い、結果的に答えは同じだと飯田は思った。

「アキラが隊に来た時から、ずっといいなと思ってた。可愛いなってずっと気になって…、そう思うとたまらなくなった…」

でも、と飯田はつけ足す。

「やっていいことと悪いことがある。あんな真似をしておいて許してほしいなんて、簡単には言えないことだっていうのはわかってる」

高梁は目を伏せ、パーコレーターをバーナーの上に戻すと、飯田の前に座った。

「どうぞ、食べて下さい」

促され、飯田はフォークとナイフに手を伸ばす。フレンチトーストはふんわりと甘くて、これまでに食べた何よりも美味しいと思った。

「ありがとう、すごく美味いよ」

呟くと、前で皿に手もつけずにフォークを握っていた高梁が俯いたままで言う。

「…さっきの、今、返事してもいいですか？」

「あ、ああ…」

飯田は慌てて頷き、背筋を伸ばした。

「…俺、本気にしてもいいんですか？」

高梁はぽつりと尋ねた。

「ああ、それはもちろん！　誰よりも大事にする」

勢い込む飯田に、高梁は伏せていた目を上げた。やや憂いを帯びたような眼差《まなざ》しに、飯田は思わず眉を寄せる。

「図々《ずうずう》しいんですけど…、大事にしてもらえるって、信じていいですか？」

続いた高梁の言葉に、飯田は思わずナイフを置いて手を伸ばし、その手を上から握る。

「大事にする。今は最低だと思われてるかもしれないけど、その分、きっと!」

飯田の言葉に、高梁は口許にかすかだが笑みを浮かべ、頷いた。

「…よろしくお願いします」

いつもやさしげな柔らかい声質が、たまらなく可愛いと飯田は思った。

二章

I

「アキラ」

訓練場のロッカーを出た高梁は、後ろから追ってきた飯田《いいだ》に声をかけられて足を止める。

一応、二人とも訓練上がりなのでスーツ姿だった。

だが、高梁は自分のスーツ姿は今ひとつしっくりと馴染《なじ》んでおらず、まだ就職活動中の学生のようだと思うし、事実、時々そう指摘されることもある。

高梁と目が合うと飯田は少しばかり目を伏せ、はにかんだように目許《めもと》を和《なご》ませた。

あまり表情は大きく動かないが、訓練中の厳しい表情とは異なり、雰囲気が柔らかくなるのはわかる。今までそう意識して見ることがなかったせいで気づかなかったが、もしかしてこれまでも、飯田にはこんな表情を向けられていたのだろうかと高梁は思った。

こうして相手が自分に恋愛感情を持っていることを知りながら面と向かい合うのは、高校一年の時以来だ。

しかもあの時は、はっきりつきあおうとか互いにそんなことを言っていたわけではないから、つきあってほしいと言われた相手と二人きりになること自体が初めてだ。

飯田とはすでに身体《からだ》の関係だけが先に出来上がっている分、今さらながらにどこか面映《おもは》ゆく、逆に何も確実なものがなくて心許なくも思える。

「お疲れ様です」

飯田の後ろから、二班の班員二名が声をかけてゆく。

「お疲れ様」

そこだけ仕事用の顔で短く答える飯田は、新しい班長として少しずつチームの求心力となりつつある。最近ではオフ時にも、二班のメンバーと話したり笑ったりしている姿を見かけるようになった。

もともと他班のメンバーだし、やはり二班の信頼を一身に負っていた橋埜《はしの》にすぐにとってかわるのは無理だが、正確に手際よく淡々と任務をこなす飯田なりの実直さでメンバーの信用を得てきている。

今は今月末に来日するU国大統領の警護に備え、二班の連携を整えているところだった。

以前はSATといえば、警察の対テロ用秘匿《ひとく》部隊でほとんど人前に出ることはなかった。しかし最近はテロの可能性の高い国際的VIPの来日の際の警備などの他、銃器を持った凶悪立てこもり事件などの際にも出動がかかる。

実際には犯人との交渉を解決するための特殊犯捜査係と呼ばれる刑事部の部署もあるし、

機動隊の銃器対策部隊もある。人質事件解決のために第一線に投入されることはほとんどないが、実際に発砲現場に配置されてその緊迫した現場の雰囲気を身をもって知るのは、やはり想定通りに行う訓練とはまったく違う。

そんな中、飯田は二班のリーダーとして、犬伏《いぬぶし》が橋埜に負けず劣らず信用しているとわかるせいもあるだろうが、二班のメンバーに言葉で能弁に語る代わりに、期待や責任を完全に背中ですべてを受けとめきるような印象だった。

そんなやり方は、いかにも実直な飯田らしいし、気分的には同じ一班から移動したせいもあって応援したくなる。

仕事の話じゃないんだと断った飯田は通路の端へと高梁を促し、二人並んで自販機前のベンチに腰を下ろす。

「あれから行きたい映画とか、あったか?」

尋ねられ、高梁は慌てて頷《うなず》く。

飯田には週末に映画にでも行かないかと誘われていた。だから、行きたい映画を選んでおいてほしいと言われたのが、この間のキャンプのあと、浅川《あさかわ》が迎えにやってくるまでの間だった。テントを撤収しながら、よければ…と飯田が切り出してくれた。

「えっと、幾つかどうかなと思ったのが…」

正直なところ、タイミングが悪いのか、もともとこれまであまり映画館で映画を観る機会がなかったせいか、上映中のものでは今ひとつこれといって観たい映画はなかった。

だが自分にとっては初めてのデートでもあるし…、と高梁はハリウッドアクションSF、コメディ、邦画サスペンスものの三つのうちのどれか、とタイトル名を挙げる。

「その中のどれかでいいのか？」

飯田は高梁の顔を覗《のぞ》き込むようにして尋ねてくる。

「俺自身はあんまりジャンルにこだわりはないんで。逆に飯田さんは何か他に行きたい映画とかありますか？」

「俺もそうだ。高梁の挙げてくれたものの中なら、アクションものかな」

飯田はそう言うと、次の土曜日に出かける時間を決める。さすがに寮から一緒に出るのもどうかなと飯田が照れたように笑うので、十時半に駅で待ち合わせをした。

キャンプに行った日の朝、朝食を終えた頃に浅川が彼女を友人の家まで送ってから、こちらに戻ってくると電話があった。それまでの時間、飯田とはそれなりに話をした。

あまり喋《しゃべ》らない人だと思っていたが、二人きりとなってみると多弁でなくとも、そこそこ程度には話してくれる。

生身の女性が完全に苦手になってしまっている高梁とは異なり、飯田は過去に何人かつきあった相手はいたらしい。同性が気になったのは高梁が初めてだと言っていた。

それがどういった理由かは飯田もうまく説明できないようだったが、高梁自身、人からはっきりとつきあってほしいと言われたのは初めての経験だ。

犬伏には新しく彼女が出来たようだと噂《うわさ》に聞いているし、犬伏がまさか自分を相手にする日が来るとも思えない。以前、少しそれっぽい雰囲気になった時も、高梁は自分の気持ちすらうまく言葉にすることができなかった。

だから、犬伏への気持ちは以前から、かないっこないものという認識はあった。

好きな相手がいることは知っていると飯田は言ったが、相手が誰だとか、その相手をどうするとは言わなかったので、高梁も黙っていた。相手がわかっているというのを、あえて問いただすのも無神経だし、悪趣味だとも思った。

あの日の晩はさすがに混乱したが、最後は意識を失うように眠り込んでしまったので、思い悩んで眠れないということもなかった。むしろ途中で気持ちよくなって、初めての行為に夢中になってしまったのも確かだ。

人に告白されたのも初めてなら、キスも初めての経験だった。何もかもが初めてな上、飯田はちゃんと朝一番で詫《わ》びてくれたし、それが心からのものであることはよくわかった。飯田の行為を許せない時には、社会的に制裁を下すようにとさえ促された。

つきあってほしいと言われた時にも、その場で答えを無理強《むりじ》いせず、高梁に考える猶予をくれたことをあわせてみても、つきあう上での段取りは普通とは異なってしまったが、まったくむげに断るのもどうかと思う。

飯田自身を深く知っているわけではない。でも、見た目にも真面目《まじめ》な性格にも、好感は持てた。多分、最初から段取りを踏んでくれていれば、もっとすんなり気持ちも寄り添っていたのではないだろうか。

そのあたり、男同士なので色々と難しかったり、普通よりもモラル的に軽くなってしまうのも仕方ないかもしれないが…、と高梁は自分の無難すぎるブルーのストライプのネクタイへと目を落とす。

同性にしか恋愛感情を持てないことには、以前からかなりの負い目も感じている。猥談《わいだん》などでからかわれても、本当のことを言うわけにもいかずにいつもいたたまれない思いをしていた。

そんな高梁に入隊時から目を留め、ちゃんと身体の関係も込みでこれからも恋人として愛してくれるというのなら、自分も一歩踏み出してみたい。

大事にすると言ってもらった。

軽薄なのかもしれないが、好きな相手とは別の相手に交際を申し込まれ、つきあいをはじめるのは異性同士でも普通にある。

だから…、と高梁は飯田を見る。

目が合うと、またふっと目許を嬉《うれ》しそうに細められた。

高校時代はとにかく穏やかならぬ日々で余裕もなかったし、施設を出てからも他人からそうまで強く望まれたことがない。だから、まだこれが恋愛感情だというはっきりした自覚はないが、照れくさくてほんのり胸の内も甘い気持ちで満たされる。

先週は浅川が戻るまでに、テントの中で一度、唇の端をかすめるようなやさしいキスをされた。その後、きゅっと抱きしめられた時も胸がコトコトと音を立てて躍るのがわかった。

もう絶対に高梁の同意なしに、強引に関係を強要したりしないと約束ももらった。

これから先のことなどまだまだわからないけれど、地味であっても飯田と幸せになれたらいいなと思う。ごくありきたりの恋人同士のように遊びに行ったり、食事をしたりして、たまには仲直りできるほどの痴話喧嘩《ちわげんか》などもしてみたい。

ささやかであっても、ちゃんと自分を受け入れてくれる、地に足の着いた居場所が欲しい。

それは母親を失ってから、高梁にとってずっと求め続けていたものだ。

自分を必要としてくれる人、自分を迎えてくれる場所が欲しい。

犬伏ほど派手なところはないが、飯田ならそんな願いを誠実に叶《かな》えてくれそうな気がする。

「今日の寮の夕飯、酢豚らしいですよ」

帰ろうかと立ち上がった飯田と肩を並べ、高梁は長身の男を見上げた。

「酢豚が好きなのか？　それとも中華？」

「両方かな？　もともと中華も好きですし。でも、酢豚はまだ自分じゃ作ったことなくて」

「作りたいのか？」

料理はほとんど出来ないという飯田は、不思議そうな顔を見せたあと、それは想定外だったと小さく笑った。

「警察入る前は、寮だと部屋代や光熱費がそんなにかからなくていいなと思ったんですけど、今は料理作りたい時に作れないのも寂《さび》しいなぁって」

「アウトドアじゃ、中華は無理か？　油とかけっこう使うもんな」

「中華鍋《なべ》持っていけば作れるかもしれないですけど、外で作るなら餃子《ギョーザ》とかが楽かなぁ。作りたいのに『楽さ』を取っちゃいけないですけど、外の調理場だと後片づけのことも考えなきゃいけないんで」

「コテージとか、キッチンつきのところはどうだ？」

「あ、それなら大丈夫です。わりに調理道具揃《そろ》ってるところ多いですし、食器や調理器具とかも流しで洗えるなら断然楽です」

じゃあ、と飯田は言った。

「また今度、一緒に行こう」

二人で行こうとも、いつ行こうとも条件はつかなかったが、そんな先の約束が妙に嬉しくて、高梁ははいと頷いた。

Ⅱ

約束の日、飯田と駅で待ち合わせた高梁はシネコンのある駅まで共に電車に乗っていた。

飯田は寮内ではあまり見かけたことのない深いVネックの七分袖《そで》のカットソーに、濃紺のパンツを身につけている。

飯田の大人《おとな》びて落ち着いた雰囲気に、そのさっぱりした格好はよく合っていた。襟許からまっすぐに伸びた首筋や形のいい鎖骨が覗き、さりげなくバランスのいいスタイルも目立つ。

そんな飯田の様子に高梁は不覚にもちょっとドキドキして、フード付きの空色のジャケットを身につけた自分の格好が子供っぽいような気がした。

かなり考えて服を選んだつもりだったのに、あまりきっちりしたレストランなどには向いてないかも…と、今さらながらにジャケットの襟許を撫《な》でると、飯田がどうかしたのかと尋ねてきた。

「いや、俺の格好、なんか子供っぽいなって。飯田さんみたいな七分袖のカットソーとか、いいなって。あんまりそういうシンプルな服、選んだことなくて」

「高梁にはその格好もよく似合ってるよ。俺は逆に、そんな凝った服は着られないから、いつも似たような服になる。この間も馬淵《まぶち》さんに、お前、いっつも似たような格好してるなって言われたところだ」

「馬淵さんはなかなか個性的な服ですよね」

オフ時には警察官の私服としては、かなり派手なレザージャケットやデザインシャツを身につけている馬淵を思い、高梁は笑う。

そして飯田の肩越しに下がった車内広告にふと目を留めた。

臨海公園にある水族館のもので、巨大水槽の様子がきれいなブルーのシルエットで浮かび上がっている。

電車にはあまり乗る機会がないのでこんなポスターや吊《つ》り広告は見かけないのもあるが、蒼《あお》い水の世界に沈むような感覚がいいなと、高梁はしばらくその広告に見入った。

高梁の視線を追うように顔を上げた飯田は広告を肩越しに眺めたあと、高梁へと顔を向け直した。

「葛西《かさい》のやつだな」

「ええ、行ったことないなって思って。その写真、きれいですよね」

「ああ、確かに…。行ったことないのか？」

「昔からあるのは知ってるんですけど、俺の家、そんなに余裕もなかったですし。すごく人気あるんですよね？」

母子家庭で、父の死後はかなりつつましい生活を送っていた高梁は頷く。

金銭面での余裕もあまりなかったのだろうが、働いていた母親には時間的な余裕もあまりなくて、無理をせがむのが悪いような気がしていた。

「水族館とか、好きなのか？」

「けっこう好きです。…っていっても、俺、子供の時に父親に連れていってもらった江ノ島の水族館ぐらいしか行った記憶はないんですけど。ああいう水の中の世界を覗くのって、本当に楽しかったなって思って」

隊の面々には、時々、お前の言うことは文学的すぎてわからないなどと言われる高梁は、出来るだけわかってもらえるようにと言葉を砕いて説明してみる。

わからないと言われてしまうのは、別に文学的な表現が出来ているわけではなく、単に説明が下手《へた》なこと、話す内容が子供っぽくて、とりとめもないことを遠回しに指摘されているのだろう。

ああ、と飯田は頷いたあと、低く尋ねた。

「…行くか？」

「そうですね、また」

話のついでで程度に頷いたつもりだった。

しかし、飯田は発車間際の停車中の電車の中で高梁の腕をつかむと、降りますとドア付近に声をかける。

「…え？　え？」

止める間《ま》もなく、飯田は高梁の腕を引いてさっさと電車を降りてしまう。

とっさにどうしてこんなところで降りるのかと思う高梁の背中を押し、飯田は反対側のホームへの階段へと向かった。

「京葉線だろう？　行こう。映画は来週でもやってるだろうし、別のを観てもいい」

そう言った飯田は、心配そうに高梁を振り返る。

「それとも、今日の映画、楽しみにしてたのか？」

だったら悪いことをしたと、飯田は高梁に詫びる。

「なんだったら、水族館のあとで夕方の上映でも…」

「いや、俺…」

最初は戸惑った高梁も、飯田の意図がわかると、自然、笑顔となった。

「本当は水族館に行ってみたいなって、さっきの吊り広告で思ったところだったんです。だから、嬉しいです」

説明がなかったのには驚いたが、とっさの飯田の判断と動きには思わず笑みが出た。

端から見ていればどうなのかはわからないが、一瞬の出来事であっても、高梁にとってはそれこそ映画の中のワンシーンのようにドラマチックな出来事だった。

今さらのように、それがあとからじわじわと嬉しくなってくる。

映画やドラマには驚くほどに様になる場所、登場人物にはまったセリフ、誰もが憧《あこが》れるシーンがある。

しかし、あれは実際に自分の身の上に起こってみれば、その瞬間にはかっこいい、ドラマチックだと思っている暇もないものなのだろう。

以前、橋埜と犬伏が行った罰ゲームのキスで、犬伏がわたわたと動揺していたように…、と高梁はうっすら頬《ほお》を染める。

そうか、と飯田は頷いた。

「もっと我《わ》が儘《まま》も言っていい。アキラはいつもニコニコしていて寮でもおとなしいから、俺といる時ぐらいは自分がやりたいことや行きたいところ、食べたいものを言ってくれていい」

飯田に低く言い切られ、はい、と高梁は頷く。

もちろん、先輩に我が儘などは許されないことだとわかっているが、そういう風に気遣ってもらえることはありがたい。

それに何より、水族館に行ってみたいと思った自分の気持ちをちゃんと見越してもらえたこと、迷うことなくそれにあわせて行き先を変えてくれた飯田の思いやりと男気も嬉しい。

初めてのデートでちゃんと自分の趣味に合わせて水族館を選んでもらったことは、多分、これから先もずっと忘れない。

「ありがとうございます」

高梁が礼を言うと、飯田はまた少し気恥ずかしそうな顔を見せた。

葛西の水族園は、噴水のある池の中にガラス張りのドーム状の入り口を持つ、かなり特徴のある建物だった。水上に浮かんだガラスのドームは、遠目にも美しい。このドームの下にさらに水族館が広がっているなど、考えるだけでわくわくした。

そのドーム型の入り口から下へと降り、ドーナツ型の大水槽を前にした時には、一瞬、高梁は言葉も忘れた。

しばらく言葉もなく水の世界に見入る。我に返った時、やさしい目で横から見下ろされて、高梁はうっすら赤くなった。飯田はそっと横で待っていてくれたことに気づき、それに気づきもしなかった自分に半ばは呆《あき》れる。

「すみません、ちょっと俺、感動して」

それでも次から次へと目の前をよぎる大きな魚の姿とスピードには、やはり気がつけば目を取られていた。

「いい、夢中になってるのはわかったし」

飯田はゆっくりと歩調を落とし、高梁が折々に巨大水槽に目を奪われるのを待っていてくれる。

「迫力ありますね」

高梁の呟《つぶや》きに、飯田も頷く。

「世の中、まだまだ大きくてかなわないものがあるって思うな」

あまり話さないように思っていた飯田の表現が気に入って、高梁ははいと頷く。

去年のハイジャック犯制圧時、飯田は犬伏と共に一番制圧難易度の高い主翼上の非常脱出口から侵入を果たし、当時、二班を率いていた橋埜らの班と共に機内を制圧している。

腹の据《す》わりようと冷静さでは犬伏にも十分匹敵する飯田が、静かにそう認める強さと謙虚さが好ましい。

時間をかけて巨大水槽のマグロやサメの様子をたっぷりと堪能したあとは、さらに階下の世界の海の魚の展示を見に降りる。

暗がりの中で明るく浮かび上がった水槽を眺めていると、ふと飯田の視線が自分の方へと向けられていることに気づく。

何だろうと見上げると、思いもしないことを尋ねられた。

「アキラは昔から髪は短くしてたのか？」

「ああ、これですか？」

高梁はふと髪に手をやる。犬伏に言われて少し伸ばしはじめたものだ。

床屋は駄目だ、お前みたいにやさしい顔の奴は美容室に行っとけと犬伏に言われ、わざわざ洒落《しゃれ》っ気のある隊員にお勧めの美容室まで聞いてきてくれた。

そこの美容師の勧めで、柔らかい印象に仕上げてもらっている。もちろんスタイリングの腕のよさもあるし、高梁の顔立ちにはこういうソフトな髪型のほうが似合うからとプロに言われたせいもあるのだろうが、今の髪型はそこそこ気に入っている。同じ短い髪型でも、カットの仕方しだいで全然違ってくるのだとわかる。

「いえ、高校の頃までは普通でした。別に伸ばしてもいなかったけど、短くもなくて。でも、俺、髪の地色がわりに赤いほうだから、普通の髪型でも目立ったみたいで。先生に髪に色入れてるんじゃないのかって時々言われてたんです」

「校則厳しかったのか？」

「厳しくはないけど、赤とかブリーチとかは禁止で。パーマも目立つのは駄目でしたね。俺は地毛なんで、ギリギリお目こぼしラインぐらいだったんだと思います」

なるほどと、自身は昔から普通にこざっぱりした髪型で、特に人からどうこういわれたことのないという飯田は頷く。

「でも、施設入った時に絶対に髪を染めてるって言われて。あんまり俺みたいな薹《とう》の立った年齢で入ってくる子供っていなかったせいもあるのか、色々職員から生意気だって思われたみたいです」

あ、でも…、と高梁はつけ足す。

「俺もけっこう大人げなくて…、お前はだらしない、他のメンバーに悪い影響を与えるって言われるから、意固地になって髪の毛短くして」

そうか…、と飯田はどこか痛いような顔を見せる。

「仕方ないんじゃないか？　集団生活だと勝手も違うだろうし、中学、高校ぐらいっていえば、一番尖《とんが》ってて余裕もない時期だから」

そんな男を高梁は見上げる。

「飯田さんも尖ってたんですか？」

「俺？」

飯田は虚を衝《つ》かれたような顔となる。

普段は落ち着いてあまり動じることのない雰囲気を持っているだけに、そんな表情は少し微笑《ほほえ》ましい…というよりも、むしろ可愛く思えてしまう。

「…俺は尖ってるっていうか、…唐変木って言われたかな、うちの母親に。この子は本当に喋らないって」

「…喋らなかったんですか？」

そういえば自分も施設内ではほとんど口を利くこともなかったなと、高梁は思い出す。

だが同時に、飯田の喋らないのは高梁がムキになって喋らなかったのとは違うのだろうなというのもわかる。

「…いや、あの時期、そんなに母親と話すこともないっていうか…、せめて弁当作ってやってる礼ぐらい言えって言われたから、毎日、礼だけ言ってたんだけど…」

飯田は口許を覆いながらわずかに眉《まゆ》を寄せるが、それが照れからくるものだというのは雰囲気的にわかる。

「そしたら今度は、唐変木だって」

毎日、律儀に礼を言う、そして礼しか言わない息子に匙《さじ》を投げた飯田の母親の姿が目に浮かぶようだと、高梁はおかしくなって声を立てて笑った。

するると、飯田も口許をゆるめたあと、少し身をかがめて高梁に言った。

「昔の写真…、またよければ見せてくれ」

人混みの中で紛れてしまいそうな低い声に、じわりと耳許が熱くなる。自分でも、耳たぶが赤く染まっていることがわかる。

それが誰にも悟られないよう、薄暗い水族館の中でよかったと高梁はひっそり思った。

「施設の時のは、俺、すっごい人相悪いんです。毛利《もうり》さんには爆笑されたんですよ。お前、これ、罰ゲームで髪の毛刈られたのかって」

飯田はしばらく黙って高梁の顔を眺めたあと、ぽんぽんと柔らかい仕種《しぐさ》で高梁の頭を撫でた。

「その時のも、昔のもだ」

「えっと…、もうあんまり数はないんですけど」

施設は持ち込める荷物の数に制限があるので、アルバムなどもすべてを持って行くわけにはいかなかった。あの時、高校生なりに高梁が選んだ写真だが、もっと両親の写真、そんな両親と一緒にいる写真を残せればよかった。あるいは退園までは施設に預かってもらえるよう、もっとうまくたちまわって頼む方法はあったのではないかと今は思う。

ものを知らない、幼いというのは、今から思えば色々とつたなくて寂しい。

「あるものでいい」

そう言うと、飯田はまたやさしく目を細めてくれる。

この人を好きになるかもしれないなと、高梁はひとつ頷いた。

Ⅲ

大統領警護が日一日と迫っているせいか、日々の訓練はかなり緊迫感を増してきていた。

絶対にミスは許されない、何かあれば国際問題となる、そんな檄《げき》が合同訓練のたびにピリピリとした雰囲気の中、飛ばされる。

その分、休みの日は寮内はいつもにもまして、ほっとしたような雰囲気となる。

そんな中、高梁は飯田と一緒にキャンプの時に話したツールナイフを専門店まで買いに行き、共に夕食をとって寮へと戻ってきた。

「やっぱり飯田さんぐらい大きな手だと、ナイフ持った時に映えますよね」

いいなぁ、と飯田の部屋に招かれた高梁は、少しはしゃいだ声を上げる。

以前、二班のメンバーと共に一度だけ入ったことのある飯田の部屋は、あいかわらずよく片づいていた。

ショップではむしろ高梁が色々と好奇心に駆られて他のナイフを見る間、飯田が文句ひとつ言わずにつきあってくれた。

職業柄、ナイフショップにはなかなかひとりでは長居しづらいが、二人でいるとじっくり時間をかけてみることが出来ていい。

ビストロでの夕食も美味《おい》しかったし、ワインも入って気分もよかった。

「高梁が買ってた魚のマークの入ったナイフ、可愛《かわい》くていいな」

「『アングラー』ですか？　もう、本当にただ可愛いなっていうだけで買っちゃったんですけど。ツールの組み合わせがちょっと珍しくって、それもいいなって」

ベッドに腰かけた飯田の足許に座った高梁は、飯田がドリップで淹《い》れてくれたコーヒーを口に運びながら、提げて帰ってきた包みを開ける。

プレゼントを待ちきれずに開ける子供のような気分だった。

「可愛いな」

飯田の呟きに、高梁は笑顔で顔を上げる。

「でしょう？　この昔の西洋画に出てくる怪物みたいな魚が、どうしてこのデザインをチョイスするかなって感じで。グロさと可愛さで紙一重のところですよね？　絶対に馬淵さんに見せたら笑われると思うんですけど」

「…違う、お前のことだ」

ぽんぽんと頭を撫でられ、その意味を呑《の》み込んだ高梁はワンテンポ遅れてじわじわと赤くなる。

「すごく可愛い…」

こういう時の少し渋さのある飯田の声は、反則だと思う。

犬伏や橋埜のようによく通る聞き取りやすい声、大きな声ではないが、逆に二人っきりで部屋にいることをはっきりと意識させられる。

「…あ、…俺ですか？」

赤くなりながら間抜けた言葉を返す高梁の髪から耳たぶ、頬のあたりを大きな手でゆっくりと撫でられる。

キャンプの時も、テントの中でこういう風に触れられたことを思い出し、高梁はさらに赤くなった。

いたたまれなくて視線を逸《そ》らそうとしてみたが、まっすぐに見つめられるとそれも出来ない。

「キスしてもいいか？」

低く問われて、声が出ない。

高梁は強い視線から逃げたいような気持ちから目を閉ざした。

羞恥《しゅうち》から思わずうつむきたくなる衝動を懸命にこらえていると、それを承諾ととったのだろう。身をかがめた男の唇が重なってくる。

唇同士が触れた途端、ふわっと身体が浮かび上がるような感覚と共に、背筋が甘く痺《しび》れるような気がした。思ったよりも柔らかな飯田の唇に、胸が大きく震える。

何度か啄《ついば》むようなキスをされると、ボワボワと耳許のあたりがかすんだように感じられ、さっきまで聞こえていた寮内の雑多な音が聞こえなくなった。

息が苦しくなって、慌てて息をしようと唇を開くと、濡《ぬ》れて柔らかな舌先が触れ、そこからはもう蕩《とろ》けるような気分で高梁は夢中でキスに応《こた》える。

考えていたよりもはるかに飯田のキスは巧みで、濡れた舌先同士を柔らかく突き、絡め合わされる。その合間にも気がつくと髪から肩、耳許などを指先でやさしく撫で、愛撫《あいぶ》される。

懸命にキスに応じるうち、高梁の脇《わき》に腕を差し入れるようにして、身体ごとベッドの上に抱き上げられた。

ドアに鍵《かぎ》もかけていないのにマズい…という意識が頭の隅をかすめたが、喘《あえ》ぎながらキスに溺《おぼ》れているとそれすらもどうでもいいような気分になってくる。

ベッドの上に組み敷かれるような形で、なおも唇を貪《むさぼ》られる。

「アキラ」

愛《いと》しそうに高梁の身体に触れながら、男は熱っぽい声で名前を呼んだ。

「…アキラ」

うっすらと瞼《まぶた》を開けると、ぼうっと霞《かす》んだ視界に飯田の引きしまった顔立ちが見える。

もっと名前を呼んでほしい。恋に落ちる魔法があるなら、きっと熱っぽい声で名前を呼ばれることがそうだと思う。

「アキラ…」

再度名前を呼ばれ、高梁は目の前の男にギュッとすがりつく。

きっと今の自分は、締まりのない、のぼせあがって蕩けたような顔をしていることだろう。

髪やうなじのあたりに触れられ、ふわふわとした気分で飯田を見上げた高梁は、自分のはいていたデニム越し、太腿《ふともも》のあたりに触れる固い感触に気づいた。

「飯田さん…?」

「悪い」

慌てた様子で、飯田は腰を引いた。

「…あの、俺」

高梁はそんな男を見上げる。男同士で、こうなってしまった時のいたたまれなさや辛さはわかる。

「…しましょうか？」

「いや、いい。今日はちょっと…、ごめん、調子に乗りすぎた」

飯田は身を起こし、高梁から身体を離そうとする。

高梁はそれを追うようにして、腕を伸ばした。おずおずと下肢に触れる。

「…アキラ？」

「…人のはしたことがないんで、下手かもしれませんけど」

デニム越しにそっと触れてみると、痛いほどに張りつめていることがわかる。

飯田は困惑したように強く眉を寄せ、しばらく高梁の顔を見つめていたが、やがてかすれた声で低く尋ねた。

「いいのか？」

高梁は頷く。

「…鍵、閉めてもらってもいいですか？　あと…、電気も」

「ああ、それはもちろん」

飯田はいつにない、どこかぎくしゃくした動きでドアまで行くと内鍵を閉め、部屋の明かりを消した。

それでも明かり取りの窓から差し込む廊下の照明で、部屋の中はまったく何も見えないわけではない。

でも、せめて互いの表情が見えるぐらいならよかったとは思う。

「ここ、少しだけ開けていいか？」

ベッドの上のほうに戻ってきた飯田は、部屋のカーテンに手を掛ける。

さすがに明かり取りからの光だけでは暗いと思ったらしい。

高梁が頷くと、レースのカーテンはそのままに飯田はブルーグリーンのカーテンをわずかに開ける。

「ちょっと照れますね」

ベッドに戻ってきた男と顔を見合わせ、高梁は潜めた声で少し笑った。

「お前がこうして部屋にいてくれてると思うと、すごく嬉しい」

腰を下ろしながらそんな風にささやかれると、また照れてしまう。

抱きしめてキスをされ、高梁は飯田の手に手伝われながらデニムのジッパーを下ろした。

ボクサーパンツの中で張りつめているものをそっと撫で、その中に手を忍び入れる。

「…すごく、熱い」

飯田のものを握りしめ、高梁は呟く。

この間も思ったが、自分のものに比べればはるかに大きくて反りも強い。全体的に色味も濃くて、圧倒的な質量を感じる。

下着をずらし、先端にすでに透明な雫《しずく》を浮かべているものを、高梁は手の内に握りしめ、上下にやさしくこすりはじめた。

自分がして気持ちのいいように、あふれ出したぬめりを使って先端部分を丸くなぞり、全体的に上下に手を動かしながらも、くびれのあたりを重点的になぞってみる。

「…アキラ」

かすれた声で名を呼ばれ、高梁は顔を上げた。

「これ、どうですか？」

生真面目に尋ねたのをどう思ったのか、男は軽く笑いを洩《も》らす。

「すごくいいよ」

よかったと思いながら、高梁は手の中でさらに質量を増したものを懸命に愛撫した。

キスの合間にゴツゴツと熱く大きなものを撫でながら、これを口に含んでみたらどうなのだろうという欲望がちらりと頭をかすめる。やってみたいという願いがないわけではない。

相手は飯田ではなかったが、これまでにそうする自分を想像してみたこともある。

高梁は男と唇を離すと、しばらく黙って手の中のものを握りしめたあと、身を伏せた。

「アキラ」

焦ったような声に呼ばれたが、高梁は舌を伸ばし、先端をちろりと舐《な》めてみた。

すでに先走りの透明な雫に濡れた先端は、つるりとしていて熱い。

そのまま男の脚の間に顔を埋《うず》め、ゆっくりと先端を口に含んでみる。

独特の風味があるが、口の中に頰張った感触は想像よりも熱くなめらかで、大きく昂《たか》ぶっているが愛しさのようなものも同時に感じた。

そのまま先端を舐め上げ、口中にゆっくりと含んでみる。

飯田が低く息をつき、髪や耳許を撫でてくれる。

固い強張《こわば》りを舌と唇、口腔《こうこう》を使って懸命に愛撫してみる。口中が怒張でこすれるたび、背筋がゾクゾク震える。

「お前、キツくないか?」

欲望にかすれた声で尋ねられる。

「少し…」

唇を離して頷くと、飯田は手を伸ばし、高梁のデニムの前立てを外してくれた。

そして飯田自身も身体を倒し、高梁のデニムを腿のあたりまで下ろすと、下着の中から取りだしたすでに濡れそぼったものを口中に含んでくれた。

「あ…」

気持ちいいと高梁は呻《うめ》き、目の前の男のものを懸命にしゃぶる。

こうすることを想像したことはあるけれども実際にはあまりに刺激的だ。気持ちよさと興奮から、徐々に頭の中が白くぼうっとしてくる。

この間みたいに脚の間をこの固いものでこすりたててほしい、出来れば後ろも…、と高梁は思わず後ろへと指を伸ばす。

「お前、後ろも大丈夫なのか？」

生々しい問いに、高梁は多分…、と頷いた。

「…自分で少しだけ」

いくらか指を入れてみるのは好きだ。ただ二人部屋なので、いつもひとりでする時にはトイレで慌ててすませるだけなので、そう時間をかけたこともない。

他人のやり方など微に入り細に穿《うが》ち尋ねたりはしないので、人のことはよく知らない。

「…引きます…か？」

「いや」

短い否定が返る。

「逆にそそる」

小さな唸《うな》り声のようなものを洩らしたあと、飯田は高梁を抱きすくめた。

そして立ち上がると、机の引き出しを開けて何か紙袋を持ってベッドに戻ってくる。

「無茶はしない、無理だったら言え」

袋の中から取り出されたジェルを見て、この間の続きを飯田も考えていたのだろうかと高梁は小さく頷く。

ゆっくり臀部《でんぶ》が割られる間も、信じられないほどにたっぷりのジェルを塗りつけられる間も、高梁は中断した愛撫を再び続けた。

飯田の動きはとても丹念だった。高梁を口中に含みながら無理のない力でゆっくりと後ろを撫で、少しずつ指を埋め込んでくる。

「ん…」

節の高い、長い指が自分の中をやんわりと動くのに、高梁は呻いた。

ぼうっと頭の奥が白くかすむ。

「ふ…っ」

内奥の気持ちのいい箇所に触れられると、下肢《かし》が跳ねるように振れた。

自分でもわけがわからなくなるほど、強烈な快感が走る場所がある。同時に口の中も長大なもので荒々しくこすられると、頭に霞がかかったように思える。

とんでもなく淫《みだ》らな格好で、身体の中で思うさま動く長い指に追い詰められ、高梁は一気に昇りつめた。

「んんっ…!」

それと同時に、口中いっぱいを占めている熱を帯びたものが強く弾む。口腔で爆《は》ぜるように男のものは跳ねたかと思うと、喉奥に熱いものが飛沫《しぶ》いた。

「…っ…ん…」

あっという間に、独特の匂《にお》いのものが喉の奥へと下っていったが、それも一瞬のことだった。

「大丈夫か、お前」

慌てた様子で高梁の口許を拭《ぬぐ》いながら、飯田は尋ねる。

「はい、びっくりしましたけど」

なんか…、と高梁はつけ足す。

「こんな味するんだなって」

高梁の言い分を聞いた飯田は、少し照れたように笑った。

「いや…、悪かった。お前が咥《くわ》えてくれてるのかと思うと、すごく興奮して加減出来なかった」

同じように高梁のものを飲み込んだはずの飯田は、まださらにいくらか高梁の口許を拭ってくれた。部屋の中は暗いが、もう目が慣れて互いの表情までよく見える。

「…俺、なんか今になって色々恥ずかしくなってきました」

小さく笑うと、飯田は剝《む》き出しになった下腹をやさしく撫でながら目を細める。

「なんか今の笑い方…」

「え?」

「昔、知ってた子に似てる」

「俺がですか?」

「ああ」

飯田は身を起こすと、高梁のシャツの裾《すそ》を下げて丁寧に身繕いをしてくれる。

「俺、誰かに似てるって言われたの、初めてかもしれません。どんな人ですか？」

少し浮かれた気分で、高梁は尋ねた。

「いや、気を悪くするかもしれないけど、女の子だ」

「女の子？」

意外なことを言われて、高梁は目を丸くする。

「昔、好きだった…、ずいぶん昔の話だけど」

とっさに、高い崖の上からぽんと突き飛ばされたような気がした。

一瞬、ぼんやりした高梁は慌てて笑ってみせる。

「もしかして、初恋の人とかですか？」

「あー…、そうかも。まぁ、昔の話だけど」

飯田が笑いながら言葉を濁す。

考えていた以上にその言葉を重く感じながら、高梁はベッドからふらりと立ち上がる。

「俺、今日は帰りますね。なんか、だらだら遅くまですみません」

「いや、こっちこそ…。なんていうか、ありがとう」

飯田はそう言うと、立ち上がって部屋の電気をつける。

最後に頬にキスを落とし、そのまま唇にもライトなキスをくれる。

それがさっきとは違ってずいぶん苦く思えて、高梁は浮かぬ思いで目を伏せた。

なんだか今さらのように、自分が随分と安っぽく軽薄な真似をしたような気がした。

最後、高梁はおやすみなさいと小さく頭を下げて飯田の部屋を出た。

階段を上がった時とは裏腹の浮かない顔で、高梁は自分の部屋までの階段を下りてゆく。

知った人間に、しかも好きだった女の子に似ていると言われて、どうしてこんなに気が重いのだろう。

何か代用品のようなものなのだろうか…、と高梁の頭の中を嫌な思いがよぎる。

我知らず溜息《ためいき》をつきながらと部屋のドアを開けると、昨日から今日にかけて実家に帰っていた毛利がすでに部屋に戻ってきていた。

「毛利さん、お帰りなさい」

二段ベッドの下の段に寝そべり、雑誌をめくる男に声を掛ける。

「おう、お前もな。お帰り」

ちらりとドアの方を振り返って返事をする男に、しばらくドアを背に立っていた高梁は切り出してみる。

「毛利さん、俺、どこか女の子っぽいですか？」

「女の子ぉ？」

高梁の質問が意外だったのか、毛利ははぁ？…と声を上げた。

「そりゃ、俺らに比べたらやさしい顔っていうか、可愛い顔はしてるけど。別に女っぽくはないよ。なんで？　お前、最近、コンパか何か行ってたっけ？」

「いや…、知り合いの女の子に似てるって」

さすがに初恋の女の子に似てると言われたとは言えず、高梁は言葉を濁す。

ふーん…、と毛利はしげしげと高梁の顔を眺めてくる。

「まぁ、高梁に似た雰囲気の子なら、性格いいのかなって思うけど」

とっさにどんな顔を作ったのかはわからなかったが、毛利は何だよぉ、と明るい笑い声を上げる。

「嫌かぁ？　そういう風に言われるの。別にそこまで悪い意味はなかったと思うぞ。何となく言っちゃったんじゃないの？　雰囲気とかひっくるめて似てるって意味だろ？」

「俺、別に性格よくはないです」

施設で職員に可愛くない、反抗的で生意気、扱いにくいなどと繰り返し言われ続けた高梁は、ぼそりと洩らす。

他人から自分の性格について、よってたかって何度も執拗《しつよう》に責め詰《なじ》られたのは、あれが初めてだった。あまり何度も執拗に繰り返し言われ続けたので、しだいに施設内では口を利かなくなった。きっと自分にもそう言わせるような意固地なところがあったのだと思う。

「いや、絶対に悪くないよ。よく気がつくし、マメに動いてくれるしさ。それ言った相手も、好きな相手に似た感じだと思って軽い気分で言っただけじゃないの？」

初めて好きになった子に似てる、まさにそう言われたばかりの高梁は目を伏せる。

女っぽくはなくても、歳《とし》より幼く見える、可愛いと言われることは日常茶飯事だ。

誰かの紹介でもなければ、女性とはほぼ無縁の日々だ。

むしろ、男ばかりの寮とハードな練習との毎日の中、縁を探すことのほうが難しい。

買ってきたナイフを馬淵に見せに行く気にもなれず、高梁は何とも割り切れないもやもやした思いを無理に抑え込もうとする。

はじまりがはじまりなので、色々自分が与えられて幸せだと思っていたものが、簡単にゆらぎ出す。安易に信じようとしていたものは、ずいぶん脆《もろ》いものだとわかる。

風呂に行ってくると毛利が部屋を出た後、高梁は二段ベッド上の自分のスペースに上がり、なんとなく読みかけの本を手にかけてやめた。

この間までは浮かれ気分で、ラブストーリーやその手の詩集などを置いていたことが悔やまれる。人の愛情には色んな形があって、それぞれが異質で愛おしいなどと呑気に考えていたのが、今は裏目に出た。

ここは職場も寮もあまりに女っ気がない場所だから、もしかして…と、一度胸の内に生まれた疑念は嫌な形でどんどん膨らんでゆく。

飯田はもともとストレートで、過去につきあった相手も全部女性だという。

男同士であっても、これが最初に告白されて…などという普通のパターンを踏んでいれば別だったのかもしれないが、自分達のはじまりは男女間に置きかえてしまえばかなりひどい。

普通なら、そこから恋愛として始まることなどほとんど考えられないような…。

この間までのふわふわと幸せだった気分が、ぺしゃんと音を立ててひしゃげてしまったような気がする。

あのキャンプの朝、飯田が言った言葉を高梁は懸命に頭の中で辿《たど》った。

好きだと言われたように思っていたが、あれはいいなと思っていた程度の表現ではなかったか…、もし飯田が許せないというなら、橋埜に言って処分を下してもらえばいいと言ってはいたが、それも高梁にとっては微妙な話ではないのか…。

嫌なもので、ひとつ疑念が湧《わ》くと、次から次へと胸に暗い影がさす。

そもそも好きな相手がいるとわかっている人間に、普通は手を出すものなのだろうか…。

それとも自分も女の子の代用品程度でしかないから、別に誰か好きな相手も気にしないというのだろうか…。

高梁は頭をひと振りすると、寝てしまえばこんな嫌なもの思いも忘れられるのではないかと、読書灯を消して頭から布団を引きかぶった。

Ⅳ

その日、ナイフのレクチャーがあり、講師役として橋埜が久しぶりに濃紺のアサルトスーツの上にタクティカルベストを身につけた姿で訓練場に出ていた。

最近、橋埜は以前より髪を伸ばしたこともあり、見た目には普通の勤め人のようなすっきりしたスーツ姿が多い。でも、やはりアサルトスーツが様になってかっこいいなと、橋埜と訓練場入り口で顔を合わせた高梁は思う。

目が合うと、橋埜は切れ長のきつい目許を和ませた。

「何だ？」

「いや、やっぱり橋埜さんはその格好じゃないと」

「何言ってる。俺は危険地帯から足洗ったからな。久しぶりにこんなもの身につけたら、重くて仕方がない。お前ら、よくそんなもの着て走りまわってるよ」

俺もヤキがまわった、などと憎まれ口とは裏腹に、橋埜はまだまだ余裕のある笑みを浮かべる。

「橋埜さんもまだ十分に走れると思います」

高梁の言葉に、橋埜は麻痺の残った左手を見た。

「左手さえ、ちゃんと動いてくれたらなぁ…」

普段、弱音など聞いたこともない橋埜のぽつんとした呟きは、どこか寂しげだった。

とっさにそれに気の利いた言葉も返せないことが情けない。

気まずさをごまかすように笑うと、橋埜はそれを気に留めた様子もなく言った。

「そうだ、アキラ。今日、レクチャーの時にちょっと相手してくれ」

「俺で大丈夫ですか？」

「何言ってる。お前、すごくいい動きするよ。勘がいい。懐飛び込む度胸もあれば、躱《かわ》すのも速い。こういうのは生まれ持ったセンスだからな」

そう言うと、橋埜はダミーナイフを右手の中で何度か器用にまわして見せた。

高梁はそんな動きに、少し目を取られる。いとも無造作に扱っているが、実際に橋埜はそれを抜き身のナイフでもやってみせる。

そうだ、と橋埜はわずかに高梁に身を寄せてきた。

「飯田は上手くやれてるか？」

何気ない様子で尋ねられたが、橋埜がずっとそれを気にかけているのがわかる。

「ええ…、実力のある方ですし」

とってつけた風に聞こえないようにと用心しながら答えると、そうか…、と橋埜は嬉しそうに目を細めた。

「お前も？　どうしても飯田が、お前を引っ張りたいって言うから、少しかわいそうにも思ったけど。二班でいじめられてないか？」

からかうような口調に、高梁も思わず笑ってしまう。

「大丈夫です。ちゃんと仲間に入れてもらってますから」

「そうか、なら、いい。お前なら、どこへ行っても可愛がってもらえる」

橋埜は笑って頷くと、自分を招く真田《さなだ》の元へと足早に向かう。

笑ったばかりの高梁は小さな溜息をついた。どうも一度胸の奥に住み着いた疑念は、白い壁に浮き出た醜い染《し》みのように気にかかる。気にかかるどころか、じわじわと胸の内を浸食しはじめている。

何をやっている時も常に頭の裏にあって、どことなく気分が塞《ふさ》ぐ。仕事中にまでこんな気分を引きずってしまうのはあまりよくない傾向だなと、高梁は整列の号令に従って横一列に並んだ。

今日の橋埜のレクチャーによる訓練は、ナイフを使った近接戦だった。

大統領警護の際、ＳＡＴは最前線に配備されることはないが、万が一という可能性もある。

さすがに橋埜の説明は要点をきっちり押さえている。もともと頭の切れる男だが、指揮班に移ってさらにより明晰《めいせき》、かつ端的に用件を伝えることに特化するようになった。

ホワイトボードに相手が右利きの場合、左利きの場合…などとわかりやすい図を描きながら、着々と説明を続けてゆく。

「…で、実際に口で言うよりも実践だ」

橋埜は視線を巡らせる。

「アキラ、前に出てくれ」

名前を呼ばれた高梁は軽い緊張を帯びながらも、橋埜の前に立った。

前に選ばれて数名で橋埜からナイフの扱いを教えられた経験があるので、回避の経験もある。油断さえしなければ、それなりに橋埜の動きに合わせられるだろう。

「まず、犯人が右利きの場合だ。さっき言ったように、こう大きく振りかぶられた場合…、そうだ相手の右側、右側へ回り込んでいけ。隙《すき》を突いて内に入り込めれば、手首を狙って叩け」

ややゆっくりめの橋埜の動きに合わせ、高梁は教えられたとおりに刃先を避《よ》けたあと、橋埜が肩を引いた隙を狙って身を寄せ、その手首に当て身をする。

「よし、次は左利きの相手だ。さっきより少しスピード上げるぞ。そう、左、左…、左の外側へ回り込んでいけ」

橋埜の言葉に従うまでもなく、身体のほうが勝手に降り出される刃先を避けてゆく。

「相手の利き腕に苦手意識は持つな。刃先に気を取られるな。相手の腕や視線の動き、肩の動かし方を見れば、おのずと次の動きが予測できる。突きに気をつけろ」

橋埜がくり出した刺突を避けた直後、ふいに意外な横払いがきた。

とっさに高梁は橋埜の動きを避けきれず、ナイフの刃先へ向かって身を捩《よじ》ってしまう。

一瞬、橋埜のほうが驚いたような顔を見せたが、すぐに橋埜は笑って体勢を崩《くず》した高梁の鎖骨あたりをナイフの柄《つか》でトンと突いた。

「相手の動きが変わると体勢を崩しやすい、気をつけろ」

な…、と橋埜がギャラリーを振り返る。

高梁は頬に血が上るのを感じた。橋埜が高梁のミスをフォローしてくれたことがわかる。

「よし、次、もう少し複雑な動きになる。いけるか？」

尋ねられ、高梁は頬を引き締め直して頷く。

多分、自分の慢心が橋埜の動きを読めなくしていたのだと思いながら、さっきまでとは表情をきつめにかえた高梁は、持ち前の身のこなしで橋埜の手にしたダミーナイフを落とすことに専念していった。


「おう、アキラ。カードやろうぜ、カード。大富豪な」

食堂で食べ終えた食器を返しに行く高梁の背中に、馬淵が声をかけてくる。

夕方からかなりの雨となったので、普段は自主的に走り込みに出ているメンバーが集まって遊んでいるらしい。アナログといえばアナログな遊びだが、人数が多いので麻雀《マージャン》よりもト

ランプゲームとなったのだろう。

「勝者にはうちの親戚《しんせき》から送ってきた黒芋焼酎を一本、俺から出してやらぁ」

寮内でもかなりの年長株になる馬淵はそれなりに面倒見よく言いながら、部屋から持参したカードを取り出す。

六人ほどいるメンバーの中には、この間、共にキャンプに行った浅川も交じっていた。

「じゃあ、テーブル拭きますね」

高梁は応えて、ダスターで手際よくテーブルを拭く。警察に入ってからずっと最年少なので、ほとんど身についた習性だった。

「ほんと、お前はよく気がついていい子だなぁ。おじさん、感心するよ」

からかっているのだか、高梁を弄《いじ》っているのだかよくわからない口調で馬淵が言うのに、ありがとうございますと頭を下げておく。

「なぁ、アキラ、飯田にいじめられてないか？」

馬淵がカードを切りながら尋ねてくるのに、高梁は小さく口許で笑った。

「何だ、やっぱりいじめられてるのか？」

「いえ、橋埜さんに今日、同じこと尋ねられて」

「お、やっぱり橋埜も心配してんのか？　何か困ったことがあったら、俺に言ってよ、もう。先輩権限で技術支援班に引き抜いてやるからな」

俺に任せろ、と馬淵が胸を叩《たた》くのに笑い声が起きる。

「馬淵さんじゃないんだから、飯田は可愛い後輩いじめたりしませんよ」

「なんかなー、アキラに限っては心配で心配で。真面目なところあるから、思いつめてないかとか、悪い女に騙《だま》されてないかとか気になるんだよ」

「それ、本当に大きなお世話じゃないですか？」

周囲に揶揄《やゆ》される間も、馬淵は陽気に笑っている。

何かと目をかけてくれ、覚えておけばSAT以外の場所に配属になった時も便利だからな、と情報系の技術を教えてくれる馬淵が好きだ。

犬伏らとは別の意味で、面倒見のいい兄や従兄弟のような存在だった。こうして気にかけてもらえるから、この寮は居心地がいい。

「本当にアキラだけは、可愛い女の子紹介してやりたいよな。お前ら、誰か可愛くて性格のいい子いたら、紹介してやれよ」

「馬淵さん、自分は霜嶋《しもじま》エリナみたいな肉食系の女が好きだって言う口で、それ言うんですか？」

「俺はいいの、俺は好きでああいう肉食系のお姉様に食われて弄《もてあそ》ばれたいから。でも、アキラはダメだ。性格のいい、お料理上手なお嫁さんタイプの女の子じゃないと」

「馬淵さん、ウザいっすよ」

何勝手なこと言ってるんですか、などと口々に言われる中、高梁は手持ちのカードから場に一枚出す。

「アキラ、誰かつきあってる子いないのか？」

横からかかった声に、いえ…、と高梁は首を横に振る。

「お前、なんか希望あったら言っとかないと、馬淵さんが仲人《なこうど》好きなおっさんみたいに、勝手に話断ったり決めたりするぞ」

「いや、俺は本当に縁がないんで、贅沢《ぜいたく》は言わないことにします」

無理に笑う高梁の胸の内が、きしきしと痛む。

「そういえば浅川、お前の彼女につきまとってるストーカー男どうした？」

ひとりが言い出したことから、話が浅川の彼女の話へとなり、途中からゲームよりもトークメインの場となってゆく。

浅川はさっさと結婚して官舎に入ればいいだの、結婚相手にSAT所属だと言えないのは辛《つら》いだなどという話で盛り上がったあと、高梁はちらりと浅川に目を向けた。

「…飯田さんも、前に彼女とかいたんですよね」

「おう、いたいた。SATに来《こ》てからは世間から遮断されてるし、女っ気もないけど、銃隊にいた時はそれなりにコンパの話もあったし、あいつは見た目は女受けいいからな」

もともと飯田と同じ銃対——銃器対策部隊にいたという浅川は手にしたカードに目を落と

しながら答える。

「確かにあいつは見た目悪くないからな。それでもって一見真面目そうに見えるから、女の子が来るんだよなぁ」

「真面目そうに見えても、やることはガッツリやってそうですよ」

「やってる。ああ見えて、あいつは絶対に手が早いよな。猥談とかしてても知らん顔してるくせに、黙ってきっちり手を出してやがんの」

ムッツリだのなんだのと、高梁を除いた全員が頷くので不安になる。

「…そんなに手が早いんですか?」

恐る恐る尋ねると、親になった馬淵がカードを配りながら浅川を見る。

「あー、そこんところは勝手に俺達が決めると欠席裁判みたいになるからな。浅川、どうよ?」

「多分、ひと通りはやることはやってるんじゃないかと思うんですけど、あいつ、そういうことは全然喋んないんですよ。つきあってるとは認めるんですけど、どこまでどうとかは本当に喋んなくて」

浅川の返事そのものは飯田を落としも上げもしない、どうとも解釈しようがないものだった。

「飯田さんは基本、喋んないんですよね。初めて笑うの見た時、ほっとしました」

揃ったメンバーは、自分は嫌われているのかと思った…などと口々に勝手なことを言う。

「口下手が祟《たた》って、あんまり長続きしないみたいですけどね。そこのところは、もっとうまく立ち回ればいいのにって思います。妙なところで要領悪いっていうのか」

高梁は初恋の女の子に似てると洩らした飯田を思い出し、目を伏せる。

要領が悪いのか、間が悪かったというのか…。でも、ここ最近はずっと浮かれていた高梁の想いに、水を差すような微妙なタイミングではあった。

それとも、あんなタイミングでふと口をついて出てくるほど、その女の子の面影が強いのだろうか。

「…飯田さんって、どんな女の人が好みのタイプなんですか？」

微妙に探りを入れるような問いが、勝手に口をついて出た。それを止められない自分は、きっとどこか性格が悪い。

「浅川さんの彼女さんみたいに、華奢《きゃしゃ》で可愛らしい感じの人とかですか？」

浅川に尋ねてみると、少し考えるような様子を見せる。

「おー、俺も知りたい、知りたい。あいつ、本っ当にそんな話しないからな」

馬淵も興味津々といった顔で身を乗り出す。

「いや、俺もあんまり本人の口からそういうことは聞いたことがないんで…、それにどの女の子もそこそこレベルは高かったんですけど、共通点もそんなになかった気がします。何か、あいつの好みでパッと思いつくような特徴がないっていうか」

「俺、飯田《あいつ》が実は貧乳派だか無乳派だかっていうのは、犬伏に聞いたぞ。俺にして見りゃ、信じられない話だけどな」

馬淵の言葉に、高梁以外のメンバーは本当に何でもいいのかと爆笑する。中でも豊満で熟し切った女性的なラインを好む馬淵は、あれは本当なのかと浅川の肩をついた。

「貧乳…、確かに去年つきあってた子はあんまり胸はなかったですかね？　でも、その前の子はけっこうスタイルよかったですよ」

首をひねる浅川に、あの人、ああ見えて突っ込めたら何でもいいんじゃないですかと笑いながら言ったのは、一班で飯田とも親しくしていた後輩隊員だった。

「それはムッツリの本領発揮だよなぁ」

笑い声が起こる。しかし冗談なのかもしれないが、高梁にとっては少しも笑えない。

「あ、でも、そのあんまり胸のなかった…、もとい、去年つきあってた子は、ちょっと笑った感じがアキラに似てたかな？」

「アキラに？」

意外だと皆が高梁を見るので、なんとなく気分的に背を丸め、首を縮めてしまう。

上目遣いになった高梁をどう思ったのか、浅川は言葉を続けた。

「いや、雰囲気的なもの？　ちょっと目が大きくて猫顔で…、なんとなく幼く見えるっていうか年より若く見える系っていうの？　顔立ちそのものとか、そんなんじゃないよ」

違う違うと手を振る浅川に、なんだそういう意味かと、不思議そうな顔となったメンバーも身を引く。

「わりに細身でさ、ショートカットのせいもあったから、何となくアキラに似てるって思ったのかな。確かに胸はそんなになかったけどニコニコしてて、言うことも全然嫌味がなくて可愛かったよ。あの時、コンパ行ったメンバーの中では一番人気だったから」

おお、と声を上げたのは馬淵だった。

「飯田、やるねぇ」

「あれは飯田にしてはけっこう続いてましたよ。去年の年末ぐらいまではつきあってたんじゃないかな。口にはしなかったけど、かなり気に入ってたと思う」

去年までつきあっていた気に入った相手と似ていた…、そう言われて、高梁はそこからはもうほとんど顔が上げられなくなった。

V

大国であるU国大統領の警護は、最高レベルの厳戒態勢に等しい。

その日、高梁らのチームは空港から首相官邸へと向かうルートの上空をヘリで飛んでいた。ルートの確認後、今日はさらにヘリ降下訓練がある。

「揺れますね」

同乗している二班の並川《なみかわ》がプロペラ音に負けないように飯田に向かって声を投げる。

顔のほとんどを覆うフェイスマスクの上からでもそれとわかるほどに厳しい顔をした飯田は、小さく頷いただけだった。

ヘリが出発した時からかなり風が強い。パイロットは警視庁航空隊の熟練者だし、来日当日にはもっと天候の悪い場合も十分に想定出来るため、まだ中止命令は出ていないが、気流の乱れのせいか、時折かなり機体が振れる。

むろん、危険のない範囲での飛行なのだろうが、真田ら長いキャリアを持つ隊員らが全面的に信頼を置く熟練パイロットでさえ、これだけ大きく機体が揺れるのかと、高梁は持ち手につかまる腕に力を入れる。

高梁自身は高いところは苦手ではないし、ロープを一気に下まで滑り降りる懸垂下降そのものは、かなり得意としている。

しかし、こうして実際にヘリからロープで滑り降りるリペリング訓練は、予算の関係上、そう何度も行えないので、隊に来てまだ二年と経《た》たない高梁にとってはあまり経験がない。

ここまで風の強い日の訓練は初めてだった。

飯田や並川、乗り合わせた他のメンバーの雰囲気から察しても、歓迎できる天候ではないらしい。

飯田はヘルメットの陰でマイクを口許まで下ろす。

「強風でロープが煽《あお》られる。降下の際には、ロープの絡みに十分に注意しろ」

飯田の指示にメンバー全員が頷く。

本来、こういったリペリング降下には、エイト環《かん》と呼ばれる安全装置を兼ねたリングをロープに取りつけて降りる。

しかし、上空警備の場合はスピードを最優先するため、ファストロープと呼ばれる手でロープを摑《つか》んで滑り降りる方法を用いる。

安全装置がないため、手を離せば真っ逆さまに地上に落ちる危険がある。また、途中で身体や装備にロープが絡んでしまうと、上にも下にも行けなくなる。

降下訓練の場所が近づきつつある。ここからヘリは指定場所に急旋回して降りてゆく。

飯田の目配せと共に、最初に降下する隊員が二人、それぞれのドア側に待機した。

ヘリコプターの旋回と共に両側のスライドドアが開けられると、よけいに風の強さを感じる。

訓練場の指定場所には、指揮班の面々が先着して待っている姿が見えた。

錘《おもり》をつけたロープが投げ下ろされると同時に、そのロープを手にした二人の隊員はスキッドと呼ばれるヘリコプターの外のバーに脚をかけにゆく。

風は強くとも、訓練を積んだ先輩隊員の身のこなしと俊敏さは見事だった。

風圧に煽られないよう、開いたドアのすぐかたわらで続いて二番目に降下予定の高梁は、下ろしたロープを掴む手に力を入れ、待機していた。

急旋回したヘリのロープが地面につくやいなや、声もなく二人の先輩隊員らはロープを滑り降りてゆく。

高梁の手にしたロープを次の番の飯田が取り、ドアの外へと出た高梁は続いて機外のスキッドに脚をかけようとした。

その瞬間、一瞬、風で身体が大きく振れる。

ざっと全身の血の気が引いた。とっさに足を踏み外したと思った。

しかし、バランスを崩しかけた身体を、上から乗り出した飯田の腕が間一髪のところでつかみ支えた。

その飯田の素早い動きと膂力《りょりょく》とで、なんとか持ちこたえることができる。

腕を支えた飯田の力を借り、高梁は無事にスキッドに脚をかけ直した。

スキッドを蹴る瞬間、一瞬、ヘルメットのバイザー奥の飯田の目と目があった。

胸の奥に、言葉に出来ないほどに強い痛みが走る。

高梁はそのまま、飯田の手から逃れるように一気にロープを滑り降りた。

「アキラ、ちょっといいか?」

訓練後、着替えてロッカーを出た高梁は、指揮班との打ち合わせから戻ってきた飯田にいつもより硬い声をかけられた。

「…はい」

間違いなく、今日のヘリ降下訓練に関する注意なのだろうなと、高梁は重い気分で目を伏せる。

風が強く、機体が揺れていることは十分にわかっていた。事前に飯田からの注意もあった。機外に出た時点で、もといい、開いたドアの横に立った時から、細心の注意を払って強風に備えなければならなかった。

下手をすれば、地上に真っ逆さまに転落するところだった。それは厳しく叱責《しっせき》されても仕方ない。

人目につくところで何か言うのはどうかと思ったのか、まだアサルトスーツのままの飯田は先に立って非常口前の人目につかない場所へと移動する。

高梁は両腕を後ろに組み、その前に立った。

「今日、調子悪かったのか?」

「すみません、不注意で…」

答える高梁の声も、この間までとは違って硬いものになる。

「懸垂降下《リペリング》の事故は大怪我につながる。風で身体が振れると思ったら、スピードよりも安全性を優先して待機しろ。途中で振り落とされるのが一番怖い」

「はい、すみません」

高梁が小さく謝罪を口にすると、飯田はしばらくしてからひとつ溜息をついた。

「この間から、少し気が散漫になってるように見える」

橋埜のナイフでの近接戦のことだろうか。それとも、自分が気づかなかっただけで、他にも何か不注意な点があったのだろうか。

何とも答えられずにうつむいて黙り込んだ高梁に、飯田もまたしばらく黙る。

まるで根比べのような沈黙のあと、飯田はさらにひとつ溜息をついた。

「…俺は何か、お前に無神経な真似をしたか？」

無神経といえば、誰か好きな女の代わりなどというのは、この上なく無神経だろう。

だが、面と向かってそんなことはとても言えないし、そもそも最初に飯田を許してしまった高梁自身が一番悪い。

その後も浮かれるまま、少しでも喜んでもらえるならと、軽薄に飯田の相手をしたのもどうしようもない。

もっとも、男同士なので汚れたの、傷物になったのだの言うつもりはない。

ただ、高梁の気持ちがうまくついてこないだけだ。

男の生理だからと割りきることもできず、ただひとり、傷ついたような気持ちになっている。

　ぽつんと気持ちだけが取り残されてしまったように思える。

「…いえ」

　この間から様々に揺れる気持ちを抑えようと、高梁は答えたあとに唇を噛《か》む。

　胸の内が昂ぶっている時ほど、そのひとつひとつを相手に伝わる形で言葉に出来ない。表情も上手く作れない。

　施設ではこんな高梁の素っ気ない返事、こんな顔つきがどうしようもなく反抗的で、性格の悪さの証明だとまで言われていた。

　多分、それは事実なのだろう。

　またしばらくの沈黙のあと、飯田は口を開いた。

「俺は口も拙《まず》いし、気がつかないうちにお前に嫌な真似をしているかもしれない」

「いえ…」

　単調な高梁の返事をどう思ったのか、飯田は頭をかくような仕種を見せたあと、深く息を吐いた。

「何か気に入らないことがあるのか？」

「いえ…」

　高梁はさらに深くうつむき、首を横に振ると、ただ…、と口にした。

「俺って、頭悪いなって」

言いたいことは山ほどあるのに、今はすべて喉の奥に詰まったようだった。それすら、上手く表現できる言葉が出てこない。そんな不様さも含めて、自分は本当に頭が悪い。

「アキラ？」

「俺はそんなに気もつかないし…」

高梁はしゃくり上げるような呼吸のあと、奥歯を強く噛みしめる。

「あんな真似されても…」

高梁は今にも泣きそうな思いで目を伏せる。

「いいように丸め込まれてついていってしまうような人間だから、馬鹿《ばか》だなって…」

何を言っているのかわからないというような顔で、飯田は眉を寄せる。

それはわからないだろう。

特に取り柄があるわけでもないのに、居場所が欲しいと、あるがままの自分を受け入れてほしいとただ願っていた高梁の気持ちなど…。

身体以外に何の価値もない、ただのとりとめもない子供の我が儘だ。

「…アキラ？」

「馬鹿だなって…」

「いや…、ちょっと待て」

何か言いかける男に、高粱は無理矢理口許だけで笑うと頭を下げた。

「すみません、失礼します」

よく考えてみれば、最初から色々おかしかったのだと、それに気づかなかった自分が一番馬鹿だったのだと、高粱は脱兎《だっと》のごとく訓練場を走り出た。

三章

I

あまり箸《はし》の進まなかった気の重い昼食後、飯田はメールも着信もないスマートホンの画面を眺めると、小さく溜息をつきながら胸ポケットに戻す。

昨日、高梁が思いつめたような顔で目の前を去ってしまってから、携帯にメールと電話で連絡を取ってみたが、マナーモードにでもしているのか、どちらも連絡が取れなかった。

夜、部屋を覗いた時には、相部屋の毛利が今日はもう寝てますけど…、とカーテンの閉まったベッドの上段を指差していた。

起こさなくていいとは言ったが、多分、今朝には飯田が部屋まで行ったことは毛利から聞いて知っているだろう。

それでも今日も頑《かたく》なほどに目を伏せ、飯田とは視線をあわそうとしなかった。

この間まではずいぶん飯田と一緒にいることを喜んでくれているようにも見えたのに、ここ数日は、どこか集中しきれていないように見えた。目立ったミスはナイフのレクチャーの際に橋埜の攻撃を躱しきれなかった時だけだが、全体的に覇気と勢いに欠けた。

高梁はオフ時になると可愛らしい笑顔と素直な表情を持っているが、訓練中は俊敏な動きをするし、目つきも鋭くなる。物怖《ものお》じもしない。むしろ実際に動いている時には、身の軽い獣のような動きや表情にもなる。

実際、去年のハイジャック事件では真っ先にコックピットに飛び込む役割だったが、怯《ひる》むこともなく見事にやりおおせた。あれは飯田にとっても誇りだ。

そんな生真面目さや懸命さが飯田にとっては愛しくてたまらなくもあるが、高梁はこれまでにないほどに硬い表情で自分は馬鹿だと声を震わせていた。

何が悪かっただろうかと、飯田は最後の高梁の言葉を胸の内で反芻《はんすう》しながら溜息をつく。

「飯田、埼玉の立てこもり、ニュース見たか？」

訓練場に戻る飯田に後ろから犬伏が声をかけてくる。

「さっきネットニュースを見た時には、まだ続報は出てなかったですが」

飯田がしまっていたスマートホンを取り出してニュースの画面を出して見せると、犬伏はふうん…、とがっしりした顎に手をあてて眺める。

午前中、西本《にしもと》率いる三班のメンバーが、拳銃《けんじゅう》を持った男が民家に押し入り、その家族を人質に立てこもっているとかで、埼玉県警から応援要請を受けて出動していた。

「さっき橋埜がテレビのほうチェックするって指揮班のほうへ戻ったんだけど、一緒に覗きに行くか？」

ＳＡＴに応援要請を出すのは各県警の判断だが、その上部が刑事部の手に負えないと判断した場合、あるいは特殊捜査班などといった人質立てこもり事件に専門的に対応する部署を持たない場合などに要請が出されることが多い。

飯田が犬伏と共に指揮班が普段いるブースに行くと、案の定、真田や赤城《あかぎ》、橋埜らがテレビの画面を眺めていた。

どうも現地からベタ付きで中継しているのはワイドショー系だけらしく、コメンテーターやタレントが犯人についてああだこうだとけたたましく喋る声が映像と共に流れている。

「どうです？」

犬伏の問いに真田が振り返る。

「今のところ、膠着《こうちゃく》状態だな。展開はしているけど、まだ西本らの投入には至ってない」

「投入するなら、日が落ちてからですかね？」

「まぁ、そうだろうな。それまでに説得して終了かもしれん」

暗くなってからの作戦というのは突入時の定石だった。よほど人質に命の危機が迫っているという場合以外は、突入部隊の姿が闇《やみ》に隠れる時間帯を狙《ねら》う。

今頃は突入計画を立てているか、その予行訓練を行っているかだろう。ＳＡＴが要請された時点で、交渉状況はどうであれ、呼ばれた隊員らはいつでも突入出来るように計画を立て、その場にそぐった訓練をはじめる。

真田の言葉通り、説得して犯人が投降するならそれにこしたことはないが、追い詰められて通常とは異なる精神状態の犯人がいつ逆上するかというのは誰にもわからない。それに備えて、出動のかかったSATの部隊は常に突入体勢を取って待機しておく。

大統領訪日が迫っているために三班が出動したが、犯人との交渉の進め方によっては明日も戻って来られないかもしれない。

西本は同期だった。三班が単独で出動するのは初めてだ。

もし突入という最悪の事態となった時には、無事にうまくやりおおせてくれればいいが…と、飯田は画面に映し出される民家を眺める。

ちょうどその時、画面の上に白い速報テロップが現れた。

『M銀行上橋《うえはし》支店に男が立てこもり中』

まだ番組そのものは速報に追いついていないのか、埼玉の現場の近所の人々のレポートが続いている。

「今度は銀行強盗か」

呆れたように呟いたのは赤城だった。

「都市銀狙いっていうのは珍しいですね」

橋埜が呟く。

そもそも一般民家や商店への盗みとは違って、金融機関への強盗自体、検挙率が非常に高い。

さらには郵便局や地方銀行、信用金庫などと違って、最近は大手都市銀行ともなればどこでも警備員が配備されている。防犯カメラや防犯装置なども他の金融関係よりはるかに厳重だし、訓練も徹底、マニュアルも整備されているために、成功率は他の金融機関に比べて極めて低い。

むしろ、成功例をほとんど聞かない。

そのためだろう。強盗が金融機関へ押し入る場合にも、大手都市銀行が狙われるケースはほとんどない。

どちらにせよ、警視庁では強盗に関しては専門部署である特殊捜査班が対応する事件となるだろう。

「飯田、そろそろ戻るか」

腕の時計に目を落とし、犬伏が促す。

「午後は一班は路上を想定した近接戦、二班はそれの援護訓練にあたる。まずは説明するから、一緒に来てくれ」

テレビの電源を切りながら、真田が言った。

訓練後、夜の八時前に飯田が寮まで戻ってくると、ロビーから食堂に続くあたりが何となく騒がしい。いつもと違って、どこか落ち着かない雰囲気だった。

何だろうと訝《いぶか》りながら飯田が二階への階段を上がりかけると、二班のメンバーである山内《やまうち》が携帯を手にバタバタと階段を下りてきた。

「あ、飯田さん、M銀への銀行強盗、ひどいことになってるみたいですよ」

「ひどい？」

どういう意味だと飯田が眉をひそめると、相手は手にした携帯のニュース画面を見せる。

『M銀行上町支店で警察官他五名殺害、負傷者六名』

「五人？」

銀行強盗としては異例の殺害数の多さに、飯田は思わず声を出した。

負傷者を含め、まるで無差別通り魔事件のような数だ。銀行の店舗に入り込むなり、手当たり次第に刃物でも振り回したのだろうか。

そうなると単なる銀行強盗ではなく、反社会性を持つ人間の仕業だろう。

「何だ、これは？」

「いや、何が何だか。犯人側が意図して銀行内の映像をネット上で中継してるらしいんですけど、あんまり残虐過ぎてテレビじゃ放送倫理に引っかかって放映できないとかで、ずっと銀行の外側写してるだけなんです」

犯行現場を犯人側自ら中継するなど、これまで聞いたこともない話だ。とても通り魔的、場当たり的な犯行とも思えない。

むしろ、露悪的でさえある。山内が薄気味悪そうな顔を見せるのも、無理はない。

あまりにイレギュラーな話で、意図が見えない。

「俺もさっき、ちょろっとだけテレビに映った犯人の様子を見ただけで、それじゃなんとも判断できないなって…、そもそも、その中継してるっていうネットのほうは全然繋《つな》がらないんですよ。誰か何か知らないかなって思って、下りてきたんですけど」

だから食堂のあたりが妙に騒がしいのかと飯田は納得する。

「何か詳しいこと、ご存じですか？」

「いや、銀行強盗の第一報だけ昼間に見たけど、それ以外は何も…」

答えながら、飯田も山内と共に食堂へと向かう。

食堂に入ると、今、戻ってきたままのスーツ姿の者もいれば、着替えて私服となっている者もいる。

その中で体格のよさからひときわ目立つのが、やはり戻ってきたばかりらしいスーツ姿の犬伏だった。腕組みしてテレビを見上げていた男は、指先で飯田を招く。

その前にノートパソコンを広げているのが三人ほどいる。食堂に集まっているのは、十五、六名といったところだろうか。高梁の姿はなかった。

「犯人は数人いるみたいだな。目出し帽をかぶった男が三人らしい」

いつも声の大きい犬伏には珍しく、目を伏せ気味に早口でささやく。

テレビにはネット動画を取りだしたものらしき、カメラの前で目出し帽の男がこちらに向かって何か言っている映像が出ている。

続いて日の暮れた中、出動した銃器対策部隊などに取り囲まれた、交差点の角地にある総二階建てのM銀行上町支店が映し出される。

昭和の頃からの建物らしく、コンクリートに化粧柱を用いた、今時の風通しのよさや軽やかさのない重い印象の灰色の箱形の建物だった。建物の屋上には、M銀行という厳めしい角形の縦長の看板が掲げられているのも、ずいぶん古典的な印象がある。

M銀行は都市銀行数行が統合したもののはずだが、看板は昔からの形のままで維持しているようだ。

もっとも、たいていの銀行は昔から耐火性、堅牢性が高いため、耐震性などのよほどの問題がない限りは戦前からの建物でも建て替えない。

そのせいもあって、昭和中期の建物だなとは思ったが、違和感までは覚えなかった。

「三人らしい…っていうのは？」

カメラの前で何か言っている男は一名だけで、時折、カメラの前に連れてこられた人質と思《おぼ》しき若い女性の泣き顔が写るが、それ以外が確認できない。

それにしても人質の怯《おび》えた泣き顔をあからさまに写して見せるのは、これまでになかった手法だった。

キャスターが、家族確認が取れたというその女性名を読み上げる。

テレビの前に人質の女性の顔を晒《さら》してみせるのも、その名前を平然と公表するのも、どちらも趣味が悪いと思った。

「最初、犯人が入ってきた時に二階の投資窓口にいた客が、犯人は三人だとソーシャル・ネットワークで流したらしい。あと、家族へのメールとかで。最初は悪質な冗談だって思われたみたいだけどな」

「ずいぶん余裕があったんですね」

自分には考えもつかない方法で外へコンタクトを取っていたという人質に、飯田は口ごもる。

「二階の空いた相談窓口にいた分な。すぐに警察が来ると思ったのか、現実味がなかったのかは知らんが…。二階の他の行員も通報まではできたが…」

犬伏は苦い顔となる。

どういう意味かと飯田が視線を流すと、代わりにノートパソコンを前にした後輩が答える。

「それが原因で犯人に殺害されたようです。その二人と支店長。あと、通報で駆けつけた警察官が一名発砲されて死亡、もうひとりは重症です」

昼の一時前に押し入って、もうそれだけの数を殺害しているということに驚く。いくら三人で犯行に及んでいるとしても、普通の人間には到底出来ない真似だ。

「亡くなったあとのひとりは？」

尋ねると、犬伏がその後輩の開いたノートパソコンのニュースページを指差す。

「夕方に民放が一社、やらかしたらしい」

「やらかした？」

代わって答えたのはその後輩だった。

「犯人側がテレビ局一社に限り、中継中にはＣＭを入れないっていう条件で建物内部を放映することを許したらしいんですけど…、許したっていうより要求ですかね？」

「情報が錯綜《さくそう》しすぎてて、何とも…。それ以外にも要求が通らないと人質に向かって発砲してるらしいんですが、それもネット情報だけでテレビは妙に歯切れ悪いし」

話を振られて肩をすくめたのは、周囲に集まってきている隊員らだった。

「ＣＭは入れずにスポンサーの名前だけテロップで出したらしいんですけど、それが気に入らないって人質の女の人を中継中にカメラの前に引っ張ってきて…」

隊員のひとりが、首の前で手を横に動かすゼスチャーをしてみせる。ナイフで頸動脈《けいどうみゃく》でも切ったという意味なのだろうか。

しかし、話だけ聞いてもサイコ映画のようでまったくリアリティがない。

テレビの中の動画にしてもそうだ。小型カメラを通して撮られているらしい独特の広角の画像は、妙にリアリティに欠けて見える。

そう思えてしまうのは、自分がまだ事件について耳にしたばかりで、断片的にしか情報を知らないせいだろうか。

「中継はそこで止まったらしいんですけど、今はスポンサーとその局に非難が殺到してるみたいで…」

当然といえば当然なのだろうが、その場合も根本的に悪いのは犯人サイドだろう。

それにしても、行動がすべて尋常ではない。それとも三人いる犯人が三人とも、共にそれだけの殺戮《さつりく》を望んでいるのか。

飯田は額《ひたい》を手で覆った。うなじのあたりがちりちりと嫌な予感に逆立ってくる。今になって、得体の知れない犯人の異様さが聞いた情報と繋がってくる。

「…そんなことあるんですか？」

思わず呟いた飯田に、いつもは豪快で陽気な犬伏も顔をしかめる。

「普通はそこまで一方的な殺害はないだろう。ちょっと常軌を逸してるっていうか…、生で貼りついて見てない分、こっちも実感がないっていうか…」

ノートパソコンを前にした後輩が犬伏を見上げる。

「ネットに中継とか、テレビ局一社に限るっていうことは、そこそこ映像関係やネット関係に詳しい人間が混じってるっていうことでしょうね」

「まぁ、多分、そうだろうな」

「その中継してるネット上の動画って見られるんですか？」

飯田が尋ねると、代わりにその後輩が答えた。

「アクセスが殺到しすぎて、今は全然繋がりませんよ」

「馬淵さんは？　埼玉には今日は行ってないんだろ？」

こういう時にネット関係にも色々詳しい男の姿を探して犬伏が食堂内を見まわすが、居合わせたメンバーは皆知らないと首を横に振る。

そこへスーツ姿のままの真田が、携帯を手に足早にやってきた。

「犬伏、飯田。ちょっと来い」

飯田は犬伏と顔を見合わせると、他のメンバーが見守る中、真田について食堂を出る。

「今日起こった例のM銀行上橋支店の件で、ＳＡＴへの出動命令が出た。今、埼玉に貼りついている三班と突入支援班の一部以外、全員出す」

多目的室への廊下を歩きながら、真田は言い捨てる。

「ずいぶん早くないですか？」

ＳＡＴを投入するにせよ、ＳＩＴという人質立てこもり犯専任の部署を持つ警視庁の場合は、普通は犯人との交渉が膠着状態に陥った時などにその判断が下る。

普通なら、ひと通りの交渉をすませてどうにもならないと判断された場合、時間的には丸一日程度はおいての話だろう。

「早いばかりじゃないぞ」

真田は多目的室のドアを開けながら言った。

「今回はすでに発砲許可が下りている」

真田の言葉に、飯田は中で待つ指揮班の面々を見た。

「それって…」

言葉を返す犬伏に真田は頷いた。

「制圧命令だ」

制圧命令…、すなわち発砲によって犯人の戦闘能力を奪うという意味だ。

しかし、銃を持った凶悪犯に対し、急所を外すことは逆に突入する隊員らの命、また周囲にいる人質の命を過度の危険にさらす。よって、普通は隊員らの命を守るためにも、瞬時に相手の頭部を撃ち抜いて無力化する。事実上の射殺命令だった。

ついこの間まで二班のリーダーだった端整な顔立ちの橋埜も、眉ひとつ動かさず厳しい顔で立っている。

説明する、と真田はホワイトボードを前に立つ。

「さっき、今回の犯人のうちひとりから個別に中から接触があって、主犯格の男があるサイトでトワザというハンドルネームを持つ男だとわかった。接触してきたのはそのサイトでミツキというハンドルネームを持っている男で、今回、トワザに誘われて銀行襲撃仲間に入ったらしい。これがネット中継などを担当したエンジニアのようだ」

真田は二人の名前をカタカナでボードに書いてゆく。

「ミツキはここへ来て、次々に人を殺すトワザの猟奇性に恐怖を覚えているらしい。事前にトワザの命令によって、外部に設置された監視カメラの位置を伝えてきた。自分や人質をここから出してほしいと」

「監視カメラがあるんですか？」

「ああ、外の警察の動きを中から読むために、事前に設置していたらしいな。そのためにひとり、人質が顔を切りつけられて負傷している。通用口に警察官が接近したという理由だ。それもあって不用意に近づけない」

真田は銀行のおおまかな上からの形を四角くマーカーで書いてみせ、通用口部分に設置されたカメラ位置に○をつけた。

「残りのもうひとりはシュウ。こいつはどうやら武器調達を担当したらしい。今回、犯行に使われてるセミオートの自動小銃《AK―74》を三丁。ここまでの情報で警視庁《うち》のサイバー部門に依頼してそのサイトを洗うと、確かにトワザが銀行襲撃仲間を表向きは冗談半分で募っていたことがわかった」

「表向きっていうことは…」

「陰で個別に接触して、実際に仲間に入れる人間を物色したみたいだな」

ああ…、と飯田の横で犬伏が頷く。

「ここまで洗った時点で、このトワザという男が東京、千葉、茨城で三人ほど出た女性の殺人死体遺棄…、つまりバラバラ殺人の捜査線上に浮かんでた男、任意で聴取をした男ではないかという話が、刑事部のほうから上がった。今、合同捜査本部を組んでいる事件だ。もう少し証拠を固めて、近日中に逮捕に持ち込む予定だったらしい。監視中だったが、今現在、居所が確認できてない」

「バラバラ殺人って…」

犬伏に真田は頷いてみせる。

「ようするにサイコキラー系の男だ。女性の首を切った映像を見ればわかる。何の躊躇《ちゅうちょ》もなくナイフを振り下ろしてる」

犬伏が珍しく口の中で小さく舌打ちするのが聞こえた。

「まさにとんでもない男が、散弾銃とナイフを持って好きなだけ犠牲にできる人質達と一緒に、『要塞《ようさい》』の中に立てこもっているっていうわけだ」

「要塞？」

「そう、『要塞』だ。見ろ」

真田は開いてあったノートパソコンの画面を、犬伏と飯田に見せる。

銀行内部の詳しい間取りだった。

銀行は総二階建てで交差点角地にあるが、窓がない。道路に面した一階にはディスプレイ用のガラス戸が設置されているものの、防犯上の構造なのだろう、その裏は壁で内部とは直接に行き来できなくなっている。

一階の入り口は道路に面した二方向だけで、そこには犯人らの要求によってすでにシャッターが下ろされている。

行員通用口は内部からロッカーや机などを前に積み上げられ、破城槌《バッテリングラム》程度では進入できないようにされているのは、中継映像で確認されているらしい。

隣家との間にある窓も明かり程度の小さいもので侵入不可な上、厳重な面格子が設置されている。

「このシャッターの下りた一階、二方向の出入り口、行員通用口、これらを内側から監視するカメラが、ミツキからのメールの場所通り、街路樹上に設置されているのが確認された」

やっかいなことに…、と真田は言った。

「建物自体は古いが、四年ほど前に耐震化と防犯のために内部を改装していて、この二階部分の窓も厚みのある複層ガラスで容易には割れない。しかも、犯人サイドは階段を上がったところにある二階の防火シャッターを下ろして、これも前を机で塞いでしまった」

真田は階段を上がってすぐの防火扉を指差す。

「これによって一階と二階は完全に分離してしまっていて、銀行内一階は要塞化してる。しかもトワザは人質に逃げられないように女性を半裸にして、楯《たて》代わりに自分の身のまわりに並べている」

信じられないような暴挙に、飯田は思わず犬伏と顔を見合わせた。

「…それ、まさか今もネットで中継してるんですか?」

「今、警察《うち》からのサーバー側への要請で意図的にほとんどのアクセスをシャットアウトして、確認できるのは警察だけにしてある。どちらにせよ、アクセスが殺到しすぎてサーバーはパンク状態だ。普通には繋がらん」

「テレビももちろん?」

「当たり前だ、とても放映できない。それより中に入る方法だ。両班とも身の軽い細身の隊員を、訓練場へ呼んでくれ。他の隊員は出動準備をして待機だ」

真田の命令に、飯田は眉をひそめた。

嫌な予感がした。


出動の用意を調《ととの》えた飯田は、高梁と真壁《まかべ》を含めた比較的細身と思われる班員を四人、犬伏は三人ほどを、指揮班がすでに詰めている訓練場へと連れてゆく。

中にはすでに狙撃班から、やはり少し身の軽い二名が来ていた。他には突入支援班が馬淵をはじめとして数名揃《そろ》っている。

「これって…」

訓練場内にある長い角形の産業製品を見て、犬伏は口許を大きな手で覆った。

塗装はされていないが、よく古い施設や工場などで天井近くに取りつけられているのを見かける金属製品だ。

「ダクトパイプだ」

答えたのは突入支援班の残ったメンバーを従えた馬淵だった。

どうもさっきから姿を消していたのは、このパイプを真田の指示通りに組み立てるためだったらしい。

「こいつをくぐれるかどうか、試してもらう」

「試してもらうったって、無茶でしょう。せいぜい子供が通れるかどうかっていうところじゃないですか？」

縦横に四十センチあるなしの長方形のダクトを見て、犬伏は何を言ってるんだといわんばかりに真田を見た。

「お前は無理だ。でも、こいつでなんとか二階の防火扉の内側へ潜り込んでもらいたい」

「『要塞』の内側へ…ですか？」

犬伏の言葉に真田は頷く。

「色々と検討したが、トワザが女性数人を壁代わりに周囲に置いている以上、普通に突入しては必ず最初の数秒の内に誰かがトワザに撃たれる。あるいはこちらからの発砲が当たってしまう。支援班に銀行そのものを停電させることも検討してもらったが、やはり停電になった時点でやみくもに発砲されれば、間違いなく人質の誰かに当たる。だから今回、突入前に特殊閃光弾《スタングレネード》と同時に、催涙弾を使いたい」

一般的に人質のいる状態で催涙弾を使用するのは、かなり稀《まれ》だ。犯人側ばかりでなく、人質も催涙弾をまともに浴びることになるからだ。

ただ、催涙弾そのものは洗眼や中和剤の利用で、ほとんど後遺症を残すこともない。

ロシアでは最近でも特殊部隊スペツナズがテロ鎮圧時、相手を意識不明にする神経ガスを利用したことがある。

むろん突入側にとっては、犯人側が意識を失ってくれるにこしたことはない。

しかし、このガスに関しては非致死性とは言われているものの、実際には解毒剤の不足で人質にも多数の死者が出ていた。

停電もダメなら、消去法で催涙弾となるのだろう。

真田は続けて説明した。

「閃光弾ではどうしても衝撃に立ちすくんで動けなくなる人間も出てくるが、催涙弾を浴びれば人質は本能的に身を縮めざるをえなくなる。そこからは数秒でかたをつける」

突入から数秒で制圧…、それ自体は訓練を受けた隊員には不可能な話ではない。問題はこのダクト内を通れる人間がどれだけいるかという話だった。

「でも、このダクトだとヘルメットもつけられないでしょう」

「着用できないことはないが、身につけていると身動きはできなくなるな。ダクトの長さは屋上から下へ二メートル下りたあと、二階天井に沿って横へおよそ八メートル、途中で一度ダクトが左へ折れる。そいつがかなりやっかいだ」

まさに真田の言った通りの構造に柱状の角形パイプがセッティングしてある。

犬伏は喉《のど》の奥で呻いた。

「ヘルメットなしで進入させるんですか？」

「もし通れなければ、人質が負傷すること覚悟で、装甲車両を使って一階の二方向の出入り口から突入する」

「人質が負傷すること覚悟ですか？」

「時間を置けば置くほど、トワザは人質を殺すからだ。この男の目的は、金じゃない。交渉にもさらさら応じない。最終的には人質全員を道連れにすることだろうと、交渉にあたっている特殊犯の担当者と分析官の双方から報告が上がっている」

真田の言葉に部屋の雰囲気が張りつめる。

現在生存している人質は二十八名、すでに五名が命を落としている。負傷者は六名だ。

「全員ですか？」

一班の比較的若い隊員が、ほとんど呟きに近い形で尋ねた。

「ああ、おそらく全員。ミツキはもちろん、仲間のシュウもだ。事態は一刻を争う」

真田の言葉に、一班の隊員をはじめとして、最初は二メートルのダクトをくぐることからはじめる。

催涙弾用のガスマスク着用の上、ダクト内に進入出来るものは連れられてきた隊員の半数いた。

しかし、やはり縦のダクトから横への体勢変更、さらには匍匐《ほふく》前進で直進から左へと直角に体勢を変えるところでほとんどのメンバーが動けなくなる。

最終的に設置されたダクト内をすべて移動し、二階の防火扉の内側に降り立つことが出来る者は、高梁と狙撃班の田辺《たなべ》という男のみだった。

それでも二名ほどはダクト内を動ける人間がいることに、真田をはじめとした指揮班はほっとしたような顔となる。

飯田はいたたまれずに声を出した。

「すみません、それでもメットなしっていうのは、あまりにリスキーです」

「もちろん、それはわかる。一応、換気口から降りる時に電送式のファイバーカメラを使って、この換気口下と一階の階段部分の…」

真田が答える中、口を開いたのはマスクとフェイスマスクを外して待機していた高梁本人だった。

「大丈夫です、やります」

こんな場では絶対に口を差し挟んだことのない高梁が、真田の言葉を遮ることに驚く。

「アキラ…」

なだめようとする飯田を突っぱねるように、高梁は硬い声を出した。

「撃たれても、最後に催涙弾と特殊閃光弾ぶっぱなすぐらいはやってみせます」

そんな頑なな表情をどう思ったのか、橋埜も声をかける。

「アキラ、リスクも考えろ。本当にいけるのか？」

人より幼い顔立ちにいつもよりもさらにきつい表情を浮かべた高梁は、はいと頷いた。

Ⅱ

「本件は本日、十二時三十二分、三人の男がM銀行上町支店西口より銃を持って乱入したことにより発生」

現場への移動中、バスの一番前に設置されたモニターを前に橋埜が説明してゆくのを、席の半ばに座った高梁は唇を固く引き結んで聞いていた。

「東京、千葉、茨城の女性の殺人死体遺棄事件の容疑者である、ハンドルネーム、トワザと呼ばれる男の呼びかけに応じ、武器調達に当たったシュウ、事件映像をインターネット上に流したミツキの計三人が、今回の事件を計画したことが確認されている」

よく通る橋埜の声を聞きながら、どうしてさっき飯田に対し、とっさにあそこまで反抗的な態度を取ってしまったのだろうと、高梁は膝の上に握った拳《こぶし》に目を落とす。

飯田が高梁の身を案じ、真田にそのリスクについて進言したことは間違いない。

その一方で、飯田が預かった隊員の危険を心配するのは当たり前なのだという、悲痛な憤りに近い思いが胸の内で渦巻く。当たり前であって、自分が特別なわけでもない。

失ってはならない部下のひとりであっても、身をもがれるように辛い存在というわけではない。

幸いにして、高梁にはそう思ってくれる身内もいない。

高梁が消えたからといって、嘆く家族はいない。

そういう意味では、高梁の存在は今回のリスキーな任務にはうってつけだった。

ある意味、必要とされているとでもいうのだろうか。高梁の望んでいた方向とは、少し違ってはいるが…。

「乱入時、シュウの発砲により、制止しようとした警備員が負傷。現在までに五名の殺害が確認され、負傷者は警備員と人質を含め、七人に上っている」

「増えたのか？」

同じようにモニター前に立った真田が、低く尋ねる。

「出発間際に、再度、行員に向かって発砲があったようです」

橋埜の返事に真田は顔をひと撫でであると、苦々しい顔で口を開いた。

「聞いての通りだ、刻一刻と犠牲者が増えている。現状、特殊犯が説得を続けているが、この説得に応じる様子がない。トワザに関してはすでに女性三人の殺害容疑で逮捕直前であったことから、かなり自暴自棄で他人を道連れに大量殺戮を目論んでいるものと思われる」

車内に緊迫した空気が満ちる。

「犯人側はセミオートのＡＫ—74を三丁所持、今のところ、トワザとシュウの二名が発砲。ミツキに関しては警察側に救援を要請していて未発砲だ。おそらくこのミツキに関しては銃を扱ったこともなく、発砲はないと思うが用心しろ」

ついで、ミツキから連絡のあった外部監視カメラに関し、最大で十分間ほど突入支援班が映像を直前に撮ったものに置きかえるという。夜の暗く不鮮明な状態だからこそ、一瞬の映像の途切れが目立たず、できる技だった。

装甲車が入り口に待機できるのは、そのわずか十分間だった。

入念に予行練習を行ったが、高梁自身はダクト内の移動に七分半ほどを要する。

共に中に入る田辺とのタイムラグをあわせると、まさにギリギリといってもいい時間だった。

先攻してダクト内に入ったとしても、いつ犯人側に気づかれるかわからないし、失敗したからといってダクト内を逆行することもできない。入った以上は、必ずやりおおせなければならない任務だった。

現場到着を前にして、高梁は緊張した面持ちのまま、目と口許だけ出た黒のフェイスマスクをかぶろうとする。

そこへ、バスの前方に座っていた男が立ち上がってやってきた。

飯田だった。細めの革紐《かわひも》に、小さなＬＥＤライトを下げたものを手にしている。

さっき、高梁は予行中に二度ほど、額につけた前方照射の小型ライトをダクト内でぶつけ、音を立ててしまっていた。それがあって、とっさに飯田の顔を見上げてしまう。

案じる真田には気をつけると答えたが、本番でも音を立ててしまうのではないかと、内心危惧《きぐ》していたものだった。

いつの間に加工したのか、ライトそのものは、飯田が普段、キーリングにつけている私物だとわかる。キャンプの時と前に部屋に連れられていった時、二度ほど見た。

「真田さんの許可はもらってる」

そう言うと、飯田は高梁の首にそのＬＥＤライトをかけ、革紐をちょうどの位置に留めつけた。

「田辺にも、同じものを馬淵さんが用意してる」

うまく礼を口にできなくて小さく頭を下げた高梁の手から、飯田はフェイスマスクを取り上げた。

「生きて戻れ」

飯田は低く言った。

「何があっても、絶対に無事に戻れ」

飯田はそれだけ言うと、自らの手で高梁にフェイスマスクをかぶせた。

高梁は瞬《まばた》きをひとつして男を見上げると、了解の合図に眉の上に指二本を添える仕種《しぐさ》を無言でしてみせた。


夜中の三時前、ガスマスク内に高梁自身のこもった呼吸が響く。

暗く狭い、煤《すす》と汚れだらけのダクト内を、飯田が手ずから首許に下げた小さなＬＥＤライトの光が照らしている。

そのわずかな明かりがこの暗く汚れたダクト内では唯一の救いであることが、今は胸に痛い。高梁はその痛みを無視して、ひたすら無表情にダクト内を這《は》い進んでいた。

腕の時計を確認する余裕はないが、今のところ、おそらくリハーサル通りの時間運びでダクト内は移動できていると思う。

突入支援班と高梁、そして田辺は夜闇《やあん》に乗じ、外部監視カメラやテレビ局のカメラに写らない隣のビルの窓から、銀行のビル屋上へと移った。

突入支援班は屋上に二台設置された旧式の大型エアコンのうち、二階部分のエアコン室外機を撤去した。高梁はそのダクトを伝い、当初の予定通り、二階部分まで垂直にダクトを降下した。

垂直に降りた状態から横ばいに姿勢を変えるのは、柔軟性の高い高梁でも至難の業《わざ》だった。それでも何度か予行を行ううちに、少しずつダクト内で身体を回転させ、腹ばいに体勢を変えるコツを覚えた。

そうやって入り込んだ二階部分のダクト内も、匍匐前進というほどの前進はできない。ほとんど腕と上半身だけの力を使って、音を立てないよう、這いずるように慎重に進む。引っかかったり音を立てたりするかもしれない、よけいなものはすべて外してきた。突入時、普段は装着しているタクティカルベストも外した。

頭部のライトを飯田が首に移してくれたのは、やはり正解だった。ライトをぶつけることを計算に入れずにすむ分、精神的にかなり楽だ。

聞こえてくるのは、やはりマスク内にこもる自分の呼吸音ばかりだった。

しばらくあとを同じように田辺が這いずって進んでいるはずだが、その音は耳栓とインナーレシーバーのためにほとんど聞こえてこない。

五感のうち頼りとなるのは、あとはＬＥＤライトの光だ。

飯田には色々尋ねたいことがあった。こんな時にやさしくしてみせるのはなぜなのか、聞きたいことはいくつもあった。

だからこそ、この任務を終えて絶対に戻りたい。

さっきの無事に戻れという言葉が、何かの支えになっているわけではないが…。

そう思う高梁の視界に、ダクトの突き当たりの壁がライトの光を微妙にはね返すのが見えた。そこが最後の左への難関のコーナーだった。

以前、二班への移動を命じられた時、膝を抱えて眺めた寮の裏手の景色がなぜかふと頭をよぎった。

また時間をかけて慎重に這いずり、コーナー部分で少しずつ身体を捩るように回転させ、姿勢を変える。

そうすると階段上部にあたる、送風口からの明かりが見えた。

明かりのなかった他の二階送風口とは異なり、一階には夜中だというのに煌々《こうこう》と白い蛍光灯の明かりがついている。

この下で昨日のうちに五人もの命が一気に失われたとは、まだすぐには信じられない。

女性の首が掻《か》き切られたという衝撃的な映像も見ていない。

よけいな雑念が生まれるから、今回は見せないと橋埜は言い切った。橋埜がそう言わざるを得ないほどに、無惨《むざん》な映像なのだろう。

高梁は慎重に送風口近くまで進むと、そこに腕の内側に装着してきたファイバーカメラを差し込む。

スイッチを入れると、指揮班に映像が送られたらしく、耳に装着したインナーレシーバーに橋埜の声が聞こえてきた。

――視界良好。右に回せ。

指示通り、差し込んだ細いチューブ状のカメラを送風口のルーバー越しに右に回転させる。

――右よし、さらに右にまわせ。

高梁は慎重にカメラをまわす。

――正面よし。さらに右だ。

指示に従い、さらにルーバーの間から差し込んだカメラを回転させる。

明瞭《めいりょう》で落ち着いた橋埜の声を聞くと、徐々に気持ちが落ち着き、腹が定まってくる。

――階段下よし。送風口オープン。

橋埜の声と同時に、囮《おとり》であるパトカーのサイレン音が建物に向かって近づいてくるのがマイク越しに聞こえてくる。

高梁はそのサイレン音と共に、引っかけ式のルーバーの金具を外し、音もなく頭から送風口から身体を下へ乗りだした。

途中で身体をひねって宙返りをし、明かりのない二階の床へと着地する。

音を立てないように降りたつもりだが、しばらくそのままの姿勢であたりの状況をうかがう。

真田の説明通り、防火シャッターの前には小型金庫と机などが乱雑に重ね置かれているのが、一階からの明かりで見てとれる。

階段下へと目を向けた高梁は、そこに血だまりの中で倒れ伏した動かぬ女性行員の姿を見て、一瞬、息を呑んだ。通報して、見せしめに殺されたという行員だろうか。

さっき、階段下よしと、この遺体についてはいっさい触れなかった橋埜の思慮と冷静さに感謝する。

まだサイレン音が続く中、続いて田辺が同じように送風口から身を乗り出す。高梁が差し出した手につかまるようにして、田辺も音もなく階段上部に降りた。

高梁は田辺と二人、階段の半ば、一階からの死角部分にまで密《ひそ》かに降りる。

手すりの陰から見えたのは、血と肉塊が壁や床中に赤く飛び散った、信じられないような世界だった。

高梁は意図的に、目の前の眺めを頭の中から削除し、ターゲットだけを探す。

その中、自動小銃を抱えた目出し帽の男がロビーの待合の椅子《いす》に脚を投げ出し、座っている。

もうひとり、視界に入る目出し帽の男は信じられないことに、カウンター内部で上半身を裸に剝《む》いた女性を五人、周囲に座らせ、苛立《いらだ》ったように身を起こして外のサイレンの音を聞いている。

腕の時計を確認すると、ダクトへの進入から八分五十秒が経過していた。

残された時間は一分十秒。

今頃、飯田や犬伏を乗せた装甲車が二台、銀行の外側に待機して、息を殺して突入の号令を待っていることだろう。

高梁と田辺は催涙弾を発射するためのハンドガンタイプの小型ランチャーを階下に向かって構えた。無事侵入した証《あかし》にファイバーカメラを耳の横に装着し、その先端を二度ほど軽くつつく。

そして、高梁は胸許に取りつけてきた閃光弾《せんこうだん》を手に取った。

——本部了解。五、四、三、二、一。

橋埜のよく通る声が数字を刻む。

——ぶちかませ！

号令と共に高梁は女性を周囲に置いた男の横の壁を狙い、催涙弾を発射した。

カウントダウンのあと、ぶちかませ、という橋埜の号令と同時に、銀行のシャッター前十メートルのところにつけていた装甲車が急発進する。

ＡＴＭ前、銀行ロビーのシャッターと、内部に向かってハンドルを切った装甲車で続けざまに強行突破するのに二秒とかからなかった。

装甲車から飛び降りた飯田は、暗視装置越しに煙の中で目を押さえてロビーの床に転がる目出し帽をかぶった男の眉間《みけん》を捕らえた。

見せしめのために通報した人質と女性行員を殺したという、シュウという男だ。

身を折りながらも、抱えた銃の引き金を手探りで探している。

一発、二発、三発と…と、完全に男が動かなくなったのを見届け、カウンター上に駆け上がった時には、すでに反対側から突入した一班のメンバーが、カウンター内で動かなくなった男――トワザを取り囲んでいた。

もうひとりの目出し帽の男は、短機関銃を突きつけられ、後ろ手に拘束されている。

犬伏の声が、短く制圧完了を告げた。

完了報告を受け、外からマスクをつけた捜査員らがどっと入ってくる。

催涙弾を受けてうずくまる人質らが毛布で包まれ、重傷者は担架に乗せられ、次々と血で赤く染まった行内から運び出されてゆく。

まだ薄く白煙が残る中、カウンターから降り、床に転がる犯人が運び出されてゆくのを確認した飯田は、班のメンバーの無事をざっと目で追う。

そして、階段のほうへと細身の青年の姿を探した。

首から飯田のかけてやったミニライトを下げた青年は、防毒マスク越し、飯田のほうをじっと見ていた。

無事に大役をやりおおせたのだとわかる。

無傷でいてくれるならそれでいいと、飯田は踵《きびす》を返した。

四章

Ⅰ

「アキラ、無事だったな」

事件翌日、高梁は昼食を兼ねた朝食を取りに下りた食堂で、馬淵に頭をぐりぐりと撫でられた。

「おかげさまで」

高梁が頭を下げると、馬淵はさらに動物にでもするように肩や頬をうりうりと撫でてくれる。

「おう、真っ暗なダクト内にお前下ろし込む時は、本当に図面通りにダクトが設置されてるんだろうなって、気が気じゃなかったけどよ」

えらかったなぁ、と銀行の屋上から最後に案じ顔で高梁を送り出してくれた馬淵は、子供でも褒めるように目を細める。

「本当にニャンコみたいに、音もなくするりときれいに降りてったなぁ」

ダクト内で頭を下に、つり下げられる形で進入したことを言うのだろう。

お前の分の飯、取ってこいよと促され、高梁は配膳のカウンターに向かう。

制圧完了後、隊員らは皆、午前の警備訓練を免除されて睡眠を取っていた。埼玉へ出動していた三班も明け方には犯人が投降して終わったとかで、午前は休んでいたらしい。

他の隊員らが同じように昼食を兼ねた朝食を取る中、高梁は馬淵の横の席へとトレイを持って戻る。

「馬淵さん、あのライト、ありがとうございました。あれのおかげで、頭ぶつけることを計算に入れずにすむ分、すごく動くのが楽になって」

「ああ、あれな」

馬淵は行儀悪くご飯に味噌《みそ》汁をかけながら頷く。

「まぁ、飯田にしてはナイスアイデアだったわな」

思いもせず飯田の名前を聞き、高梁は手を止める。

「…飯田さんの？」

「そう、お前の分、飯田が作ってたろ？　こういうのどうですか、邪魔になりますかって聞かれて、あの狭いダクト内だったら視界は若干狭くなるかもしれないけど、確かにこっちのほうが楽だよなって言って、田辺にも同じもの作ってやったんだよ。まぁ、作ってやったって言うほどのものじゃないけど」

ミニライトを紐にくくりつけただけだからな、と馬淵は肩をすくめる。

高梁は目を伏せる。当のライトは馬淵に返したものか、飯田に返したものかわからず、結局、今もポケットに入れたままになっている。

飯田は昨日の作戦が終わったあとも班長として色々後処理があって、ずいぶん慌ただしい様子を見せていた。

今も犬伏らと共に食堂に姿がないところを見ると、ほとんど寝る暇もなく過ごしたのではないかと思う。

昨日の事件については、事件発生から解決に至るまでの内部の詳細については、まるで夕ブーとなったようにどこの報道機関も語らない。とても報道できたものでもない。

犯人側で、唯一身柄の確保された男は、トイレに立った時に携帯で警察に助けを求めたという。

ネットで大金を稼ぐ方法があるとトワザというハンドルネームを持つ男に誘われ、仲間に入ったと、あんなに何人も人を殺すとは思っていなかったと、完全におかしいと、このままでは自分も殺されると思ったという供述をはじめているという話だった。

「あー、あと、午後から指揮班が個別で話するってよ」

ポットから湯呑みにお茶を注ぎながら、馬淵は言った。

「話？」

「お前、中見たんだろ、銀行内部」

「ああ…、はい」

意図的に視界に入れないようにしたあの光景を思い出し、高梁は頷く。

おそらく、赤や褐色に染まった床や壁、あたりに散らばったもののひとつひとつが何かを認識していれば、とても平静ではいられないものだ。

あの中で半日以上、いつ殺されるかわからないという恐怖に怯えた人質らには、今後、十分な心理的ケアが必要だろう。

「俺や指揮班の連中は中継映像、拾い見してるんだけどよ。聞いたろ？　橋埜がぶちかませって、相当頭にきてたの。まぁ、外で見てる分には、そりゃもう、人が動物みたいに扱われて銃で小突かれたり、いきなり撃たれたりするわで、歯痒《はがゆ》いわ、腹が立つわっていうのがあるんだけどな」

普段、そんなに激昂《げっこう》することのない橋埜がぶちかませなどと言うほどに惨《むご》い映像、きっと最後まで完全には公にされることのない銀行内での惨劇は、知らないほうが幸せなのかもしれない。

「ああいうの、やっぱり直接に現場で目の当《ま》たりにするのはちょっとキッさが違うからな。お前もちゃんとケアしてもらえ」

人質のみならず、救出に入った隊員にも心的外傷後ストレス障害《PTSD》は残る。

目にした光景、また任務上、凶悪犯の射殺という形であれ、人を手にかけなければならなかったことに対する罪悪感、ストレスは、やはり何らかの形で生じてしまう。午後から指揮班が個別に話をするというのは、それをできうる限りケアしておこうというものだろう。

「でもさ、本当にお前、今回もすごくいい仕事したよ。お前と田辺が入ってなかったらさ、きっともっと犠牲者増えてただろうし」

しみじみ呟いてくれる馬淵に、高梁は小さく頭を下げた。

「ありがとうございます」


午後は管理官立ち会いのもと、警備部長からねぎらいの言葉と警視総監からの訓示が伝えられ、その後はごく一般的な基礎訓練となっていた。

おそらく、この間まで最優先課題とされていた大統領警護よりも、隊員らの精神状態を通常に戻すことに主点を置いたのだろう。異例の措置に、それだけ今回の事件が重く見られていることがわかる。

その中、順番を待っていた高梁に、二班の先輩が訓練場とは別棟の部屋へ行くようにと伝えに来る。

高梁が指定された部屋のドアをノックすると、橋埜の声が返った。

「おう、入れ」

ドアを開けると、いつものようにスーツ姿で机の前に座った橋埜がよう…、とやさしい形に目を細めた。

「昨日は本当に、大任を無事に務め上げてくれたな。助かった」

「いえ…」

任務以上の評価をもらっていると、高梁は小さく首をすくめて笑い、勧められるままに橋埜の前に座った。

「ちゃんと眠れたか?」

「はい、やっぱり緊張してたみたいで、ベッドに入ったらぐっすり」

「なら、よかった」

橋埜は笑って頷き、膝に抱えたファイルに小さく何かを書き入れる。

その後、ダクト内に入った時の状況、作戦時の説明についての感想などをかなり詳細に尋ねられる。それでも橋埜の質問自体は威圧的なところがなく、折々にねぎらいの言葉を混ぜ込んでくれるので、答える高梁も気が楽だった。

「色々質問があるんですね」

質問の合間、ファイルにあれこれと書き込んでゆく橋埜に洩らすと、男は小さく笑う。

「まぁ、今回はかなり陰惨な現場だったからなぁ。去年のハイジャックとはちょっとわけが違うよ」

いちいち説明されてはいないが、指揮班のほうも隊員を動かす時にそれなりに心を砕いたのだろうかと、高梁は頷く。

「そういえばさ、飯田は最後まで信頼できたか？」

さっきまでとは質問の意図が違うような気がして、高梁は思わず顔を上げる。

「それは…、はい」

何とか頷いてみたが、おそらく敏《さと》い橋埜のことなら、この間からの高梁の態度や今の返事から、飯田に対するわだかまりは察してしまうだろうと思った。

「最後まで、俺のこと心配して下さって…」

とってつけたように聞こえないようにと言葉を継いでみたが、もともとすらすらと器用に言葉を並べられる質《たち》ではない。

そんな高梁を見てどう思ったのか、橋埜はやさしい声を出した。

「俺は思うんだが…」

橋埜はスーツの膝の上に置いていたファイルを、いったん机の上に置く。ここからはメモする意図がないということだろうかと、高梁は思った。

「飯田はまわりが考えてるほど、器用な人間じゃないぞ」

「…そうでしょうか？」

とっさに高梁は口ごもる。

パワーやスピード、持久力、応用力、狙撃などの全体的な面から見れば、飯田は場合によっては犬伏や橋埜よりも平均を取ったタイプ、バランスのいいタイプにも見える。

むしろ、『欠けたところのない男』と犬伏に言わしめるだけの、何をさせてもすべて満点に近い、総合的に能力が高い男のように思う。

足りないのは口ばかりだなどと軽口を叩かれているが、どの能力を取っても隊員の中でトップクラスに近い成績を出すというのは、実際には非常に難しい。

口数は少なくても、訓練中はちゃんと班員の動きをすべて把握しているし、足りないところもあとでフォローの言葉をくれる。秀でた能力にはちゃんと注目し、伸ばしてくれようとするのは、犬伏と同じだ。

高梁がこの間、飯田に気が散漫になっていると言われたのは、単なる嫌味などではないこともわかっている。気をつけているつもりでも、実際に自分の注意力が散漫になっていたために、あえて注意されたのだろう。

「あれは器用貧乏っていうのか…、努力を重ねて、その結果で総合力が上がってるタイプだ。まぁ、能力がなければ努力しても上がらないのは確かだが、多分、本人は黙ってるけど、他が考えてる倍以上の努力はしてるぞ」

そうだな…、と橋埜は少し伸びた髪をかき上げる。

「飯田《あいつ》、無趣味だって前に言ってたけど、努力が趣味みたいな男だな」

はぁ…、と高梁は曖昧《あいまい》に頷く。

そう言われてみれば、前にキャンプに行った時、浅川が飯田は釣りもウィンドサーフィンもキャンプも全部器用にこなすんだけど、別に特にこれが好きだっていうわけじゃないらしいと笑っていた。

「まぁ、あまりに器用貧乏が過ぎて、あれがしたいとか、これが好きだとか言わない男だな」

はぁ…、と高梁は頷く。橋埜の語る飯田像が自分の持つイメージと乖離《かいり》していて、にわかには承服しがたい。

「別に二班を飯田に任せることについては、俺も異存はなかったし、飯田ならちゃんとやってくれるだろうと思ってたんだが」

それについては高梁も同意だ。むしろ、飯田以外に誰が適任かと聞かれると、答えに詰まる。

「でも、そんな男が一線を退いた俺のところにわざわざやってきて、どうしても二班に欲しい人間がいる、協力してもらえませんかって言うから、俺はむしろそっちのほうが驚いた」

橋埜の言葉に高梁はうつむく。

「飯田は何か、お前をがっかりさせるような真似をしたか？」

まさか自分達のことを打ち明けるわけにもいかず、高梁は黙って目を伏せる。

「あいつは信頼に足りないリーダーか？」

「いえ、それは…」

「お前、予行の時、たった一言で飯田の面目を丸潰《まるつぶ》しにしたぞ」

橋埜は腹を立てた様子もなく、小さく声を立てておかしそうに笑う。

「俺は飯田があんなに困ったような顔をするのは、初めて見たな。あいつに限っては、もっと唐変木で神経が太いのかと思ってた」

ずいぶんな言いようだが、それだけ飯田が精神的にはタフに見えるのは橋埜も一緒なのかもしれない。

母親に唐変木だと言われて…、と笑っていた飯田を思い出し、高梁はどんな顔を作っていいかもわからず、目を伏せる。

「太いっていうのか…、もっと達観してるっていうのかな。何人も平気で人を殺す殺人犯に銃を向けるのはためらわないくせに、あいつ、今も困ってやがるの」

橋埜は卓上のファイルを取ると、小さく振ってみせた。

「部下の信頼を失ってしまったかもしれない…って聞いた時には、ちょっと呆れたな。あれだけの事件片づけといて、お前の悩みはそれなのかって」

橋埜は笑う。

「お前だよ、アキラ。俺にも犬伏にも頭下げて、馬淵さんには意地悪されてまでせっかく他からもらってきた子猫ちゃんが、自分を嫌ってるかもしれないって凹《へこ》んでやがるの」

デカい図体《ずうたい》してるくせに…、と橋埜は歯切れのいい口調で毒づく。

「ちゃんと飯田《あいつ》と話せ」

な…、と橋埜はやさしい声を出す。

子猫ちゃんというのは、普段からネコ、ネコと呼ばれている自分のことなのだろうが…、と高梁は困惑のあまりうっすらと頰を染めながら、膝の上で握りしめた手を何度も擦り合わせた。

「それでも飯田が気に入らないなら、俺が責任持ってちゃんと一班に戻してやる。な?」

とっさに今さら戻れない、そして戻りたくないと思ってしまった高梁は、自分の中の矛盾を上手く表現できなくて、怒られた子供のように身体を丸めて頷いた。


結局、その日は夕飯が終わるまで飯田の姿を見ることがなく、先に風呂まで使った高梁は飯田をじっと部屋の前で待ってみた。

携帯にメールを送ってみようかとも思ったが、やはり文章だけでは何をどういう風に尋ねればいいのかわからなかった。今さら、お疲れ様です…などと話を切り出すのも白々しいような気がして、出だしからつまってしまう。

さほど話も上手くない自分と、口の重いことで有名な飯田とでちゃんと話ができるのだろうかと思いながら、飯田が首から下げてくれたミニライトを手の中に握りしめる。

明日以降の打ち合わせなのか、それとも事件についてのとりまとめ事項などがまだあったのか、飯田が戻ってきたのは夜の九時をかなりまわった時間だった。

疲れたような顔で階段を上がってきた男は珍しくうつむいたままで、すぐには部屋の前に膝を抱えて座っていた高梁には気づかなかった。

「飯田さん…」

立ち上がった高梁は、恐る恐る声をかけてみる。

「あ…」

一瞬小さく声を洩らした男は、それでも疲れた顔を笑いの形に作った。

「昨日…、いや今朝方《けさがた》か、よくやったな。管理官や課長もずいぶんほめて下さってた」

「はい、あの…」

ありがとうございますと呟いた高梁は、こんな平凡な会話に終始しなければならないことを寂しく思った。

「これ…、飯田さんの…」

握りしめていたライトを差し出すと、ああ、と飯田は受け取る。

「ありがとうございます。そのおかげですごく楽で…」

「ああ、役に立ったならいい」

そのままスーツの胸ポケットにライトをしまい込む男に、高梁は慌てる。

「あのっ…、ちょっと話してもいいですか?」

「…ああ、そうだな。ここじゃなんだから、ちょっと下でコーヒーでも飲むか？」

部屋に入れてくれるとばかり思っていた男は、下の自販機スペースへと促す。

「あ、はい」

飯田の面目を丸潰しにしたと橋埜に指摘もされた。そんな距離の置かれ方が今さら微妙に寂しくなって、高梁は目を伏せた。

自販機が三台ほど並んだスペースに来ると、飯田は缶コーヒーを買ってくれた。置かれた長椅子に、高梁はやむなく手渡されたコーヒーを手に並んで腰を下ろす。

前に部屋に入れてもらった時、飯田が手ずからドリップ式のコーヒーを入れてくれたことを思うと、話を切り出すのにも勇気がいった。

しばらく缶を片手に手を握ったり開いたりした高梁は、結局、上手い切り出し方もわからず、ずっと胸の内で思い悩んでいたままを口にする。

「…俺、誰かの代わり…なんですか？」

「誰か？」

ちょっと意外だという風に、飯田は目を見開いた。

「あの…、初恋だった女《ひと》に似てるって」

「ああ…、いや、最初はそういう風に思ったが、あれは別に…」

違うんだ、と飯田は首を横に振る。

「もう、ぼんやりした印象で顔自体もそんなに…。お前のほうが印象が強くなってて…」

飯田はかつて見たことがないほど赤くなり、しどろもどろとなる。

「…去年までつきあってた女《ひと》にも似てるって聞いたし」

「いやっ、あれはっ」

飯田はぶんぶんと首を横に振ったあと、心底困惑したような顔となった。

「…こんな言い方は相手にもひどいが、お前に似てるって思った。それで…、最後はその相手にも、『私とは別に誰か好きな人がいるみたい』って言われて…」

低くボソボソと呟かれ、面食らったのは高梁だった。

「…俺…なんですか？」

「ああ、お前にちょっと似た感じだった」

「俺、代わりなのかなって…」

「逆だ。むしろ、お前が…」

橋埜の言葉通り、それこそ大きな背を丸め、飯田は口ごもる。

「でも、あれは俺がよくない。誰かを誰かの代わりにっていうのは、どっちに対しても失礼だ」

俺も…、と高梁は言った。

「…俺も、飯田さんがいいなって」

高梁は小さく笑うと、男の顔を覗き込む。

「誰かの代わりじゃなくて、俺のことだけ考えてくれたらって…」

そっと言いかけたところを、ふいに横から歓声と共に抱え上げられる。

「本当か！」

顔を喜色に染めた飯田が、嬉しそうに高梁を抱き上げている。

子供にでもするように縦に抱かれた高梁は、それでもはにかみながら頷いた。

イャッホウ!…、と聞いたこともないような歓声を上げ、飯田は高梁を抱いたまま笑い声を上げて廊下に出る。

「なんだぁ?」

呆れたような声を出したのは、他に二人ほど連れ、酒の買い出しに行ってきたらしき馬淵だった。

「飯田でもそんな声上げるんだなぁ。まぁ、今回はよく頑張ったよ、お前ら。とりあえず、今日は飲むぞぉ」

両手に重そうな白い袋を抱えた馬淵は、おら、食堂だと二人を促した。

Ⅱ

M銀行人質事件、射殺された犯人のトワザこと山口《やまぐち》洋《ひろし》二十八才は、三人の女性強姦殺人遺体遺棄事件、及びM銀行での二名殺害、六名傷害などで被疑者不在のまま、書類送検された。

同じくシュウこと、温徳銘《オントクメイ》二十九才、三人の中で唯一の中国籍者は被疑者不在のまま、三名殺害、一名傷害などで書類送検された。遼寧省の黒社会に顔が利き、日本のヤクザとの間で銃などのブローカーめいたことをしていたらしい。

最後に唯一、生きたまま身柄送検されたのはミツキこと本田《ほんだ》康道《やすみち》三十四才で、中規模の電器メーカーでエンジニアをしていた男だった。倒産により無職となり、ネット上で違法なカードのデータ書き換えなどをしていたが、借金返済のためにトワザに持ちかけられた銀行強盗の話に乗ったという。

銀行内で人質に向かって自分を神と呼べなどと言いながら気分でナイフを振り回し、平気で人を殺すトワザを見て、常軌を逸していると思ったと供述しているのが、今のところ報道されていた。

M銀行人質事件後、SATにとっては最大の案件でもあった大統領警護が無事終了し、大統領が日本を離れた翌日のことだった。

日常訓練に戻った隊員らは、午前中、射撃訓練を行っていた。

「どうだ？」

時間も終わりに近づいてきた頃、指揮班用のブースから降りてきた橋埜が、飯田や犬伏のいる指導用ブースへと顔を覗かせる。

「順調だ、順調」

何を言うかと余裕のある笑みに唇の片端を上げてみせる犬伏の肩越し、どれ…、と橋埜はスコアデータを覗いている。

「なぁ、飯田、お前さ」

スコアデータを指先で追っていた橋埜は、飯田を振り返るとニヤリと笑った。

「ちょっと俺と賭《か》けしてみないか？」

「賭け…ですか？」

橋埜がこんな話を持ちかけてくるのは珍しいと思いながら、飯田は頷く。

「ここにさ、『オテル・ドゥ・トワ』の食事券が二人分あるのよ。まぁ、ランチで悪いんだけどな」

橋埜は紺のスーツの胸ポケットから、封筒に入ったチケットを二枚取りだして見せる。

都内でもそこそこ有名な、飯田でも知っている二つ星シェフのやっている高級フレンチ店だった。

「あ、お前、それっ、俺がお前に…っ」

横で声を上げたのは犬伏だった。

「そうだ、俺が犬伏から巻き上げたものだ」

橋埜はそう言ってにったりと笑うと、チケットを指に挟んだまま、横目に犬伏を睨《にら》んだ。

「俺の誕生日を、親からもらったランチチケットですませようだなんて、気に入らねぇな。

俺をそんな安い男だと思うなよ」

「悪かったよ。手許にあったから、どうかなって聞いただけじゃないか」

どれだけお高いんだよ、と犬伏はぼやく。

確かにけして悪い店ではないはずだが…と飯田も思ったが、橋埜はそんな犬伏の片腹を肘《ひじ》で邪険に小突いた。

「『オスリテア・ナラサキ』のディナーなら、勘弁してやらないこともない」

それはこの間、ミシュランを取った三つ星レストランで、大々的にテレビで紹介されていたばかりだ。

しばらくの沈黙のあと、犬伏が恐る恐るといった体で口を開いた。

「…お二人様、ディナーでご予算五万ぐらいでしょうか?」

「ワインを入れると、七万弱から八万円ぐらいかな」

「嘘《うそ》っ…！」

低い橋埜の声に、犬伏は大きく呻いて口許を押さえる。

それは…、と飯田も目を伏せる。確かに犬伏に同情したくなるような値段だ。

何か特別に橋埜に弱みでも握られているのだろうかと、飯田は深い溜息をつく一班の大柄なリーダーを横目に見た。

もっとも一度腹を立てた時の橋埜の憤り方や気迫、腹のくくり方などは生半可ではないので、本気でやりあえばきっと犬伏のほうが引くのだろうなとは思う。

前に犬伏が美脚の恋人について色々のろけていたが、橋埜には絶対に言うなと釘《くぎ》を差していたことなどが絡んでいるのかもしれない。どれほどの美人なのかは知らないが…、と飯田は胸の内で頭をもたげた好奇心を、自分の身の安全のためにねじ伏せる。

「犬伏、何も全部お前に持てっていうぐらい、俺だって図々《ずうずう》しくないぞ。三割ぐらいはこっちで持ってやる」

「そこはせめて四割…」

「値切るとお前はその晩、きっと後悔することになる」

「わかった。じゃあ、どうか三割ほどお願いします」

仲がいいのだか悪いのだかわからない二人は、他には真似のできない独特のテンポでやりあっている。

「というわけで、飯田」

犬伏をやり込めた橋埜は、元のように飯田に顔を振り向けた。

「俺には行かなけりゃいけない店があるからな。もし、お前が今から俺に短機関銃《MP5》の射撃スコアで勝ったなら、これをやる」

「…負ければ？」

「俺がお前の班のキュートな子猫ちゃんと一緒に、これでランチに行ってくるだけだ。別に悪い話じゃないだろ？」

ふふん、と橋埜はスーツの上着を脱ぎ、犬伏に押しつけて目を細めた。

「お前は指でも咥えて見てろ」

負けられないだろとからかわれ、飯田は浅黒い頬のあたりをうっすら赤く染める。

この間の事件後の面接で、橋埜が口許に微妙な笑いを浮かべていたのが気になったが、これは色々と見透かされているのだとわかる。

橋埜はどちらかというと後輩にもクールに接するタイプだが、高梁に対してはその境遇などもあってか、わりに態度が柔らかい。

からかわれているのはわかるが、負けるわけにもいかないとやむなく飯田も橋埜を追ってブースを出ようとする。

「おい、飯田、言っとくけど橋埜《あいつ》、左手は麻痺《まひ》があるけど、短機関銃に関しては成績落ちてないぞ」

橋埜にやりこめられたばかりの男が、腕組みしたまま、むっつりと言い捨てる。

「はい」

それは知っていると、飯田も顔を引き締めながら頷いた。

「勝てよ、応援してるから。もう頼むわ、ほんと」

はぁ…、と低く溜息をつきながら言うと、犬伏はマイクを手に取る。

『三番、四番標的《ターゲット》、開けろ。今から手本となるような華麗なる射撃技術を見せてやる』

なんだ、なんだと振り返る隊員らの前で、橋埜は鼻唄《はなうたまじ》交りに標的前へと進む。

もしかして華麗なる射撃技術とやらで、自分はキュートな子猫ちゃんが橋埜と共にランチに行ってしまうのを指を咥えて見ているハメになるのではないだろうなと、飯田は浮かぬ顔で手にした短機関銃を構えた。

Ⅲ

「飯田さん、俺、スーツは二着しか持ってなくて…、あの、こんなジャケットとチノパンでもいいですか？」

約束の日の朝十時前、飯田の部屋にやってきた高梁は淡いブルーのコットンジャケットを見せた。

「ああ、よく似合う」

初夏らしい色味で細身の高梁によく似合うと頷いてやると、飯田を上目遣いに見上げてくる。

「ネクタイもいりますか？」

「いや、ジャケットがあれば、別にそこまでかしこまらなくても大丈夫じゃないか？」

答えてやると、高梁はほっとしたような顔を見せた。

「すみません、俺、あまり今日みたいないい店でご飯食べたことがなくて」

本当に高梁は何から何まで言うことが可愛いと、飯田はやに下がる。

橋埜との賭けに使った標的は、横から標的がランダムなスピードでスライドして出てくるものだった。

それを互いに三回ほど狙い撃ちし、成績はほとんど互角だった。

銃を構えたままで橋埜がニヤリとこちらに笑いかけては来たが、若干のブランクがあるのにこの腕はさすがだと純粋に感心した。

最後に四回目の標的がスライドしてきた時、橋埜はやにわに飯田の前の標的を狙って横から撃った。

全弾命中だった。

横で誰かが低く口笛を吹く。

『橋埜、お前の前の標的、全部外れでアウトだぞ、失格』

何やってるんだ、ブッブーッ…、と犬伏がマイクを通して言うと、橋埜はまたひとつ楽しそうに笑い、シャツの胸ポケットに折り込んでいた封筒を、飯田のタクティカルベストの胸ポケットに押し込んだ。

――ほら、お前の勝ちだ。子猫ちゃんと行ってこい。

おそらく色々見越しているだろう男はそれだけ低くささやくと、かたわらの隊員に銃を押しつけ、行ってしまった。

結局、橋埜のおかげで、普通ならめったに来られないようなランクのレストランの二人分の招待券を手に入れることになった。

「そろそろ行こうか」

声を掛けると、はい…、と高梁は嬉しそうに笑って頷いた。

ソムリエにワインをオーダーしたあと、緊張した面持ちでソムリエを見送った高梁は、あの…、と下げてきたポーチを開いた。

「あの…前に言ってた写真…」

「ああ、見せてくれるのか？」

飯田が見せてほしいと言ったのを、律儀に持ってきてくれたらしい。

高梁なりの仲直りの証拠でもあるのだろうか。秘密を打ち明けてくれる子供のような素朴な思考が、可愛らしい。

「こんな昔の写真、どうかなと思うんですけど…」

手のひらに載るほどの小さなアルバムを差し出され、飯田は受け取る。

「あの…、毛利さんは本当に爆笑したんで」

アルバムを開けようとしたところをさらに手で覆うようにされ、飯田はちょっと笑った。

オレンジ色のシンプルな表紙を持つアルバムを開けると、白い開襟シャツに黒いスラックスという制服姿の高梁が、六人ほどの男の子の中に混じり、固く強張った顔でこちらを見ている。

どの子供もほとんど笑っておらず、ひと目見て楽しそうな場所ではないなと思った。

しかし、その中でもほとんど丸刈りに近い頭で、きつく睨みつけるような表情を見せる高梁を、とっさに痛々しいと思ってしまった。

次にめくったものは食堂らしい場所だったが、やはり丸刈りに近い頭でこちらを表情薄く見る高梁は、思わず手を差し伸べたくなるほど痛々しく見える。

そばに行って抱きしめてやれたら…、と飯田はそんな高梁を薄いビニールの上からそっと撫でた。

「あの変じゃないですか？　毛利さん、お前、万引きでもして髪の毛丸刈りにされたのかって…」

「いや、変でもないし、万引きしたとも思わないけど…」

言いながら、飯田はページをめくる。

「…ぁ」

高梁が思わず洩らした声に、飯田は視線を上げる。

「どうかしたか？」

「いや、その人…」

高梁はきゅっと眉を寄せ、写真から目を逸らした。

並ぶ子供らの後ろに、表情の薄い職員らが数人並んでいる。

「ちょっと苦手な人で…」

「苦手？」

「同じ部屋の子が持ってたエロ本、見つかった時に俺のだって言われて、掲示板に俺の名前と一緒に張り出されたことがあって…」

性的に潔癖過ぎて許せない人間だったのだろうか。

当事者ではないので、状況はよくわからない。

しかし、年齢的に男なら興味があって不思議はないものだろうに、あえて名指しで人前に晒し上げるのは、一種の虐待ではないかと飯田は眉をひそめる。

「…ひどいな」

「いや、もっとちゃんと説明できればよかったのかもしれないんですけど、俺、態度悪いと思われてたし、あの時は違うとしか言えなくて。女の子からもすごく馬鹿にされたし…、俺、ちょっとそんなの色々あって女の人がダメになっちゃって…」

高梁は何度か柔らかい髪を指先で困ったようにかき上げる。

「すみません、楽しい話じゃなくて…」

「いや、こっちこそ、悪かった」

高梁の表情が荒《すさ》んでいるせいだろうか、どこか暗い印象の施設の中での数枚の写真をめくると、桜の下でまだ五、六歳の子供を抱いた女性の写真が出てきた。目許が抱いた子供と、そして高梁自身によく似ている。

「これ、お母さんか？」

「あ、はい。すごい古い写真ですけど」

高梁は子供っぽい笑顔を見せる。

それとよく似た顔で、写真の中のまだ小さい高梁は笑っている。

両親に愛されていた頃の高梁が確認できて、ほっとすると同時に胸の内が熱くなった。

「アキラはお母さん似なんだな」

飯田が言うと、高梁は唇の両端を嬉しそうにきゅっと上げて見せた。

Ⅳ

車の窓の外には、高原の新緑が眩《まぶ》しい。

澄んだ空は青く、これからの夏の清々《すがすが》しさを予感させる。

朝方、雨が降った分、時折、梢《こずえ》にきらきらと光るものが見えるのに、高梁は目を細めた。

今日の宿泊はコテージなので雨に降られて困ることはないが、どうせ出かけるなら晴れているほうがいい。

「晴れてくれてよかった」

運転席の飯田に声を掛けると、男は横顔で小さく笑った。

「運転、お疲れじゃないですか？」

「いや、これぐらいは全然」

あいかわらず返事は素っ気ないほどに短いが、声はやさしい。

「帰り、運転するか？」

からかうような飯田の言葉に、高梁は笑う。冗談も言わない人かと思っていたが、仲直りしてからはちょこちょことからかわれるようになった。

意外に背後からくすぐるような真似もするし、それなりに悪戯《いたずら》もする。

高梁が知らなかっただけだった。やさしくて不器用な、そして時にはお茶目な飯田の一面を…。

「俺、高速乗ったら、毛利さんに『お前は俺を殺す気か』って、次のパーキングエリアで運転代わられたんですけど」

車は飯田が弟から借りてきたというオフロード車だった。

大丈夫ですかと尋ねると、飯田はうーんと唸る。

「話には聞いてる。実は二班に引っ張ろうとした時、犬伏さんにもそれは注意された」

「そうなんですか？」

全然知らなかったと、高梁は飯田の横顔を窺《うかが》い見る。

「『あいつは車走らせても、猫が塀の上走るような走り方するらしいぞ』って」

「…どういう意味でしょう」

なんとなく言いたいことはわかるが、言われた身としては微妙だ。

「さぁな」

そう答えたあと、飯田はちらりと視線を寄越した。

「あの人は恋敵だから、教えてやらない」

やっぱり知っていたのかと、高梁は助手席のシートの上でベルトを握りしめた。

「…今は」

違うと言いかけた喉の下を、伸びてきた指が軽くくすぐった。まるで猫か犬にでも触るように、飯田は時々こうして高梁に触れてくる。

「運転は馴《な》れだ。免許取ってから、ほとんど乗ってないんだろう？」

「あー、機動隊の時も仕事でちょっとだけ運転したんですけど…、先輩が…」

微妙に言葉を濁すと、飯田はハンドルを切りながら苦笑する。

「先は長いな」

ささやかな言葉だったが、これからを予感させる、そして飯田ならではの実直さで必ず引き受けてくれるだろう時間と責任がちゃんとこめられていて、それが嬉しい。

「長いですか？」

「ああ、長いよ」

確かめるように尋ねると、短いが落ち着きのある声がやさしく答えてくれる。

居場所を見つけた…、コテージへの道路案内を眺めながら、高梁は小さく微笑んだ。

ここにはちゃんと、高梁を受け入れてくれる人がいる…。


「…あ、すごい」

コテージのドアをフロントで手渡された鍵で開けた高梁は、思わず声を洩らした。

「なんか、すごくきれい…ですけど」

確かにホテルに付帯するコテージだったが、外観はキャンプ地でもよくある家族向けのロッジ風ログハウスだったので、中もてっきり多人数用のバンガロータイプの宿泊施設だと思っていた。

だが、実際に足を踏み入れてみれば、広い吹き抜けとなったリビングスペースの調度品は、一流ホテル並みに豪華なものだった。

一部に上品なデザインのラグまで敷かれ、テーブルの上には花まで飾られている上、籠《かご》にはフルーツが盛られていた。

高級ホテルには泊まったことがないので、これがどれほどのランクのものだとは言えないが、少なくとも高梁が知る限り、一番上等な宿泊施設だ。

続くアイランド型キッチンのカウンターにも、御影石《みかげいし》が使われているのが見える。

「他の部屋も、見てもいいですか?」

「どうぞ。気に入るといいがな」

まるで女の子にでもするように、二人分の荷物を運んでくれた飯田は頷いてみせる。

最初に覗いた寝室は白木の勾配《こうばい》天井で、斜めの屋根には広い天窓がついている。晴れていれば、夜、そのまま星空が眺められそうだった。

しかも真っ白なシーツの掛かったベッドは、一台がダブルサイズで広々している。ダブルのベッドで寝たことなどないと、高梁は歓声を上げる。

続いて覗いたバスルームは清潔で広い白タイルの洗面台を持っており、窓の外に緑の青さが気持ちよく眺められた。

寝室と同じく勾配天井に天窓つきの風呂もユニットバスなどではなくて、下半分に御影石が貼られた贅沢なものだ。ホーロー引きらしいバスタブのかたわらには、アメニティと色とりどりの花びらを盛った籠が並べて置かれている。

「綺麗《きれい》ですけど、あの花びら、どうするんでしょうね」

かたわらにやってきて一緒になって風呂場を覗く飯田に洩らすと、そうだなと男は言った。

「風呂に入る時に浮かべるといいんじゃないか？」

「俺…、そんな真似したことないですけど」

とんでもない贅沢ではないかと呟くと、飯田も失笑する。

「俺もないよ。ただ、あの花は一回分なのかなと思って」

「あ、じゃあ、飯田さん使って下さい」

どうぞ…、と言いかけた高梁は、背後から腰ごとさらうように抱きすくめられる。

「…ぁ」

「一緒に入るっていう提案はないのか？」

「それは…、いや…、あの…」

他の隊員らからムッツリスケベなどと言われていた男の本領を思い出し、高梁は横抱きに抱き上げられながら、わたわたと足掻《あが》く。

そのまま寝室のベッドに連れてゆかれた高梁は、あの、あの…、と真っ赤になりながら、シーツの上を後じさった。

こんな日の高い白昼堂々、こんな明るい部屋で何をしようというのかというのと、何かするならせめて色々準備をしたいとか、言いたいことが山ほどあって、急には言葉にならない。

「あの…っ、まだ明るいです」

「そうだな、明るい」

飯田はそう言うと歩いてゆき、寝室からテラスに出る張出し窓と腰高窓のスクリーンカーテンを下ろす。

カーテンを下ろしたところで、天窓からはまだ明るい午後の光が爽《さわ》やかに差し込んでいる。

白木の壁、真っ白なシーツにピローカバーの部屋で、唯一の色味はダークブラウンのベッドランナーぐらいという、明るい部屋だ。

ベッドに戻ってきて片膝をついた男に、さらに高梁は赤くなった。

「あの…、せめて俺、風呂使ってきます」

「あとでな」

あいつは手が早い、やることはきっちりやる…などといった先輩らの言葉が、今になって現実味を帯びてくる。

「いや、汚いです、汚い…」

わたわたと這い逃れようとするのを、無理矢理とまではいえない力でやんわりとパーカーシャツをめくられる。

「汚いだなんて、思ったことがない。いつでも可愛い」

胸許までシャツをめくられ、デニムのジッパーに手をかけられて、高梁は足掻いていた身体から力を抜いた。

飯田に可愛いとささやかれると、最近は本当に身体の力が抜けたようになってくる。

「でも今日は…、最後までするんでしょう?」

両腕を開かれ、ベッドの上に留めつけられるようにされ、顔を隠すこともできなくなった高梁は蚊《か》の鳴くような声で訴えた。

旅行に来る前、お前が欲しいと熱っぽい声でささやかれ、うかうかと頷いたのは高梁だ。

「そのつもりだ」

「じゃあ、やっぱり…」

せめてシャワーだけでも使いたいと足掻いた身体を、やんわり抱きすくめられ、キスをされる。

「お前の匂いが好きだ。そのままでいい」

低くざらつきのある声でささやかれると、全身がかっと火照《ほて》る。

「ん…」

シャツを頭から抜かれて半身を剝かれた高梁は、腕を伸ばして筋肉で引きしまった男の身体へと腕をまわす。

たっぷりと舌を絡めた濃厚なキスのあと、口づけが首筋から鎖骨へと降ってくる。

本当にこめかみから首筋のあたりまでは、じっくり味わうように食《は》まれ、匂いを確かめるように鼻筋を埋められ、それだけで身体がゾクゾクと震えた。

「…ぅん」

すでに興奮でツンと持ち上がった乳頭を指の間に挟まれると、甘ったるく奇妙な声が洩れる。

「可愛い」

何度も頭の中でこうして…、と濡れたピンク色に尖《とが》った乳首に歯を立てられると、背筋に甘い痺れが走る。ささやく男の声が恐ろしいのに、異様に興奮する。

「んぅ…」

いっぱいいっぱいに尖った乳首を舐めしゃぶられると、細かく脇腹が震えた。

「あ…、あ…」

すでに勝手に反応をはじめたものを、下着越し、飯田の引きしまった下腹にすりつけてしまう。

剝かれた下肢を日射しの下に大きく広げられ、その間に顔を埋められた時、高梁は羞恥に頭の奥が焼け切れるような気がした。

ヒィヒィと洩れる子供のようなかすれた細い泣き声が、自分のものではないように響く。ぬらぬらと男の舌が、誰にも見せたことのない脚の間を這っている。その厚みのある舌先のぬめりと熱に、内腿が引きつるように細かく震える。

長い指先がたっぷりのジェルと共に窄《すぼ》まりのあたりを丸く何度も撫で、厚ぼったい舌先が周囲を這う頃には、舌先が痺れて言葉も出なかった。ただ、男の動きに爪先《つまさき》だけが何度も勝手に跳ね上がる。

「んぅ…」

さんざんに舐め蕩かされた箇所に指先が沈みはじめた時、もう身体のほうがほぐれるように男の指を呑み込んだ。

「ぁ…、あ…」

内部を圧してゆく指先に、身体中が歓喜に震える。

節操のない下肢は、続いて入ってきた二本目の指、三本目の指と貪欲《どんよく》に呑み込んでゆく。

三本目の指先が入り込んだ時にはさすがに質量に喘いだが、痛みはなかった。むしろ、その圧迫感が痺れるような快感の波にすり替わってゆく。

「んぅ…」

「ここがいいところか？」

低い声に確認され、高梁は蕩けた表情のまま、何度も頷いた。

「入るぞ、いいか？」

尋ねられても、答えも喉奥に絡まってうまく出せない。

代わりに喘ぎながら腰を小さく揺らすと、ずっしりと重みのある飯田の身体が重ね合わされてくる。

「あ…ぅ」

押しあてられたものがズルリと内側に沈み込む。

「ん…ぅっ」

唇を突いて出た濡れた声は、自分でも卑猥《ひわい》だと思う。

入念に準備を施された身体は、男の圧倒的な威容もゆっくりとジェルの潤《うるお》いと共に受け入れてゆく。

快感のあまり、飯田の名前も舌先に絡まって呼ぶことのできない高梁は、喘ぎながら男を見上げた。

うっすらと汗の浮いた男の顔を、うっとりと見上げる。

「アキラ」

名前を呼ばれると、また勝手にゾクゾクと背筋が震えた。腰を震わせる衝動に、とっさに指の背を噛んでみたが、間に合わなかった。

「あっ…、う…」

最奥を穿《うが》たれ、それだけで軽く達してしまう。

引きしまった下肢を白く汚した高梁に、飯田は一瞬、驚いたような顔を見せたものの、すぐに笑った。

「アキラ、可愛い…」

また魔法をかけられたように、身体の奥がズルリと蕩け、舐め食むように男を内側へ喰《く》い締める。

「お前、すごいな…」

額に汗を浮かべたまま、飯田は高梁の両脚を深く抱き込みながらささやいた。

「どうやってるんだ、これ…」

荒い息の間で、男は時折唇を噛み、何かをこらえるように強く眉を寄せる。

「いい…?」

自分でも何をどうやっているのかわからないまま、高梁は男の腰を挟んだ両腿に力をこめる。

「ああ、すごくな…」

飯田は笑い、何とも愛おしそうに髪を撫でてくれ、唇をあわせてくる。

「ん…ぅ」

鼻から濡れて甘えた声を洩らしながら、高梁はゆっくりと腰をゆらめかせた。

V

「アキラ、真壁の送別会、今週金曜日な」

時間空けとけと、更衣室で着替える高梁に浅川が声をかけてゆく。

「はい、了解です」

答えた高梁は、タクティカルベストを素早く装着した。

膝に故障を抱えた真壁は、警察そのものをやめて、家業の酒屋を継ぐことにしたという。

あの日、銀行内の惨状を見た時、自分にはもう無理だと思ったという。膝の件もさることながら、精神面で今の任務は自分にはキツいと…。

上手く表現することは難しいが、直面する事件が人によって色んな形で影響を及ぼすのだと、少し前に食堂で真壁と夕食時に一緒になった高梁は思った。

真壁が怖《お》じ気《け》づいたとか、精神的に弱いのだとは少しも思わない。

いまだにあの事件は事態が明らかになるにつれ、様々な波紋を呼んでいる。

高梁にとってはあの数時間の、実際に現場を目の当たりにしたのは十分にも及ばないわずかな時間だったが、人生がまったく変わってしまったという人もいるだろう。それで無為に人生を終わらされた人間、責任を問われる人間もいる。

ヘルメットを手にし、高梁はロッカーを出る。

それでも自分の居場所はここだと思うから、高梁はここにいる。

仲間が去ってゆくのは、寂しいけれど…。

訓練場へ向かう途中、階段の上から犬伏と西本、そして飯田の三人が降りてくる。

よう、と犬伏が手を上げた。

「アキラ、今日はリペリングだとよ。すっごい難易度高いぞ」

え、と高梁は犬伏の後ろで笑う飯田を見上げる。

「何か捻《ひね》るんですか？」

「おう、また猪瀬《いのせ》管理官がろくでもないこと…、いや、独創性にあふれたトレーニングを思いついたらしくてな」

犬伏は途中で言い直して笑う。

どうも訓練内容を指揮班と詰めて降りてきたらしい。

「あれ、うちじゃ無理かもな」

犬伏がうーん…と唸るのに、西本が呻く。

「そんな、一班が無理なら、うちも無理ですよ。勘弁して下さい」

「だったらお前、今から行って、管理官に無理だって言ってこいよ」

「あんなに張り切って『上橋支店の一件を無事に解決した君達にならできる！』なんて、甲高い声で檄《げき》飛ばしてるのに、今さら無理だなんて言えませんよ」

ああだこうだと言い合いながら、男達は飯田を振り返る。

「お前のところ、いける？」

「うちにはネコがいますから」

そう言って、飯田は高梁のかたわらまでやってくると、ひょいと肩の上に担ぎ上げた。

うわ、と声を洩らした高梁に、犬伏と西本が笑う。

「ネコができるって言うなら、多分、いけます。な？」

子供にするように高梁を縦に抱き直し、飯田は笑み混じりに高梁の頭を撫でる。

まるで子供や猫を扱うように飯田が抱き上げているから、他も違和感を感じないのかもしれないが、飯田の目を見る限り、間違いなくこれは愛情表現だ。

「ダメだって言うなら、あきらめます」

ダメだと思ったら断ってもいいぞと目を細める男に、高梁も笑みを返す。

「アキラ、無理なら、無理って言えよ。今日の訓練が楽になる」

声をかけてくる犬伏に、西本も言葉を添えた。

「もう、いっそ、無理だって言ってくれ。さすがに俺でもできませんって」

口々に勝手なことを言いながら、高粱を連れた男達は訓練場へと足を踏み入れた。

END

艶《あで》やかに夜を語れ

「橋埜《はしの》、それでディナーはいつがいいよ？　お前の誕生日って、今年は週の真ん中だろ？」

夜の八時過ぎ、すでに混み合うピークを過ぎた寮の食堂で肩を並べて定食をトレーに取りながら、かたわらの犬伏和樹《いぬぶしかずき》が尋ねた。

互いに帰寮したばかりのスーツ姿だ。玄関から二人でそのまま、食堂に直行した。

橋埜祐海《ひろみ》は席のひとつに上着を掛けてきたが、すでに半袖シャツの犬伏は上着さえも持っていない。

「何、予約でも入れてくれるのか？」

「そりゃ、お前、あそこ…『オステリア・ナラサキ』だっけ？　今、人気でなかなか予約取れないんだろう？　今からだとお前の誕生日に間に合うかどうか…」

大柄な男は、橋埜の分もご飯を茶碗によそってくれながら言う。

「じゃあ、代わりに『築地で寿司』とでも決め込むか？」

長年ぴったり合わせてきた息で、橋埜は犬伏の分もポットから湯呑みにお茶を入れながら笑う。

「寿司？」

犬伏はきょとんとしたような顔となる。面倒見のいい陽気なガキ大将がそのまま大きくなったような男だが、こんな素直な表情はちょっと可愛いと橋埜は悦に入った。

「お前、寿司好きだろう？」

「好きは好きだけど、お前の誕生日だろう？　行きたいんだろう、あの三つ星店。俺もこういう機会じゃないと、行かないからさ」

一度腹を括ると、すべて受け入れようという鷹揚な犬伏が好きだ。

最初は値段を聞いて悲鳴を上げたくせに、橋埜の我儘《わがまま》を呑もうというらしい。

「俺はお前が嬉しそうに寿司食ってるのを見るのは、嫌いじゃないぞ」

橋埜の言葉に男は照れたらしく、よく日に灼けた顔を歪め、一瞬天井を仰いだ。

もとの造作が大きい上に楽しそうに笑っていることが多いので、よくゴリラなどと悪態をついてしまうが、別に悪い顔立ちではない。

前に犬伏が寿司屋で嬉しそうな顔をしてたのは、子供の頃から知っているという実家近くの店だった。おまけだから食っていけと特製の海鮮巻きを振る舞われ、また来るからと店の親父にビールを注いで共に相好を崩していた。

「お前さ…、なんていうの、あれよね、とんでもなく可愛いツンデレだよね」

照れ隠しなのか、橋埜と向かい合わせにテーブルに着きながら、犬伏はボソッと呟く。

「俺ってデレたことあったっけ？」

いただきます、と手を合わせる橋埜に、男はしばらく考え込む。

「…あれ？　ない？」

味噌汁に口をつけながらそんな犬伏を上目遣いに眺めると、なんか俺いいように転がされてないかと呟いている。

小さく笑った橋埜は、犬伏の肩越しにテレビのニュース画面を見た。

『人質五名が殺害、七人が重軽傷を負う凶行の舞台となったM銀行上町支店が、店内の一部改装工事を終え、今日、約一ヶ月ぶりに営業を再開しました』

炊事場の洗い物の音が響く中、キャスターが告げている。

テレビの画面には新しくつけ替えられた上町支店のシャッターが上がり、開業と同時に行員らが外に向かって並んで頭を下げている姿が映し出されていた。

あの中に人質となっていた行員らがいるのかどうか、遠目に見た分、橋埜にはわからない。

事件直後は突入時に破れたシャッターの前に献花台が設けられていた。

事件からの一ヶ月を早いと思うのか、遅いと思うのかは人それぞれなのだろうが、橋埜はしばらく言葉もなくその画面に見入る。つられたように犬伏もその画面を振り返っている。

殺害された支店長に代わり、新たに赴任したという支店長がやや硬い表情で挨拶をしていた。犬伏が眉を寄せ、どこか痛いような表情でその支店長の顔を見ている。

事件当時、いまだに一般には公開されていない行内の映像を見た指揮班や技術支援班のメンバーの口から洩れたのは、犯人に対する憤《いきどお》りと侮蔑《ぶべつ》の言葉だった。突入時も、橋埜の胸の内には、人間としてとても許せないという怒りが渦巻いていた。

しかし、犬伏の率いた一班も飯田《いいだ》の率いた二班のメンバーも、銀行内部で見たことは誰もまだオフ時には話そうとしない。

橋埜が二班にいた時、今回、大任をやり遂げた高梁《たかはし》のような心強い存在だった真壁《まかべ》は、面接時に今回の事件で辞める決心がついたと打ち明けた。

普段は色々とよく喋るこの犬伏でさえ、あの事件については語らない。語らないので、橋埜も聞かない。

それだけ画面で見て指示を下すのみの自分達と、凄惨な現場を直接に目にし、犯人らに銃口を向けなければならなかった者の感覚は異なるのだろう。

去年のハイジャック事件の時とは違って、事件から現場突入判断までの時間も極端に短い。隊員らの精神的ケアは、今後ともゆっくり時間をかけて行っていかなければならなかった。

次のイルカの赤ちゃん誕生のニュースへ移ったところで、橋埜は犬伏へと視線を投げた。

「そうだ、俺、このランチ券使いたいんだけど」

橋埜はスーツの胸ポケットに折り入れていた封筒を取り出す。

「あれ？　お前、そのランチ券、飯田にやってなかったか？　あの無茶なスコア勝負で」

「あれは俺が当てたやつ。お前がおふくろさんからもらってきたのは、こっち。こっちの方が実は期限なしなんだ。飯田にやったのは来月末までって期限付」

橋埜はほら…、と犬伏の母親の名前が書かれた宛名を示す。

「お前も当てたの？」

「俺のは男性誌に載ってたやつな。当たったらお前誘って行ってみるか程度で応募したんだけど、まさか当たるとは思ってなかった。実家の住所で送ったけど」

「実家で？」

「ああいう懸賞で寮の住所書くのもどうかと思うし、意外に実家の住所だと当たるんだよ。なんだろう、験《げん》がいいっていうのかな。俺の方が先に当たってて、いつお前に声かけるかなと思ってたら、同じ店のを持ってくるから」

ほう…、と言いかけた犬伏は、肉じゃがへ伸ばしていた箸《はし》を止める。

「おい、待て。当たるのはいいけどな。どうしてああいう、手の込んだ真似をする」

橋埜はにっこり笑ってみせる。

「お前がどれだけ俺の勝手を許すのかと思って」

「ああ、お前はそういう奴ですよ」

はいはい、と犬伏が諦めたようにぼやいたあと、ふと顔を上げた。

「橋埜、お前さ、何をどこまで知ってるの？」

「何をって、何を？」

とぼけるな、と犬伏はテーブルの下で橋埜の靴の先を軽く突く。

「何だ、あの子猫ちゃんと一緒にランチに行ってやるっていうのは？　お前とアキラで飯食ってどうするんだよ」

「どうもこうも、結局、飯田がチケット持っていったじゃないか」

「あのお前の華麗なる棄権技でか」

犬伏の呆れ声に、橋埜はにんまり笑う。

「横の的狙うのはなかなか難しいのよ」

「つか、俺は機械《マシン》に実弾当てたらどうしようって、肝が冷えた。始末書どころじゃすまないだろ、左遷ものだって」

「俺も冷えた。あれ以上やったら、飯田にスコア抜かれて俺の面目《めんぼく》も潰れるし」

俺の沽券《こけん》に関わるという橋埜の言い分に、犬伏は真底呆れ顔となる。

「無茶しやがる。普通にこれやるよって、やればいいじゃないか」

「安いもんじゃないからな、何か口実がないと渡せないだろ」

橋埜の言い分に、犬伏はひとつ鼻を鳴らす。それでも大きな口許で笑ったところを見ると、何と思ったのか。

「前にアキラがお前がやさしいって、よく気にかけてもらえて嬉しいって言ってたぞ」

犬伏の言葉に、常に高梁に後ろ暗さを感じていた橋埜は決まり悪く笑う。

「お前のことだから、色々難しいこと考えてるんだろうけど」

そんな橋埜の思いを見透かしたように言うと、食事を終えた犬伏は箸を置き、ポットから湯呑みにお茶を足してくれる。

「別にそういうわけじゃない」

この言い方はつっけんどんに過ぎるかもしれないと思いながら、橋埜は答える。

ただ、高梁の目の前の男への好意を知りながら、それを横からかっさらうような真似をした自分には負い目がある。もともとの一生懸命に懐いてくるような高梁の可愛い性格もあり、他の隊員にするように邪険さと紙一重のざっくばらんさで扱うことはできなかった。

幸せになって欲しい。心理的な動機は邪《よこしま》なのかもしれないが、そう思う。

犬伏が高梁の境遇を含めて色々と気にかけていたのとは別のニュアンスが多分にあるが、真底落ち着ける場所を得られるといいと願っていた。

飯田との間に、具体的に何があったのかは知らない。

しかし、飯田はそれこそこれまで橋埜が見たこともないほどの真剣さで、高梁を引っ張りたいと言いに来た。

根が真面目な男だとは思っていたが、あそこまで高梁にこだわるのは何かある。班が違ったのでその前はどうだか知らないが、去年の夏の野外訓練の時には、あれ…、と引っかかったこともあった。

真壁が故障中だったので、飯田が同等の能力を持つ隊員の補充を考えるのは当たり前だが、それにしても少し強引過ぎはしないかと思ったところはあった。

動かされる高梁本人の意思もある。

むろん、組織社会なので異動に異議を唱えることは不可能に近い。けれども、高梁の場合は今の特殊な任務上、まだ若い本人に係累がいないということを考慮してやる必要があると、特殊部隊の上層部全員が考えている。

四十代、五十代の人間が身寄りを失ったとのはまた違う、孤独な境遇だった。

案の定、犬伏の元を引き離されると知った高梁の悄然とした様子は、ちょっと可哀想なほどだった。高梁が犬伏に寄せていた淡い恋慕以外にも、やはり疑似家族のように犬伏を精神的な支えとしていたことはよくわかる。高梁にとっては、本当に父親とも兄とも頼む存在だったのだろう。

そのあたり、やはり家は継がないとはいえ、実家のある橋埜には精神的縁《よすが》のない不安定な高梁の抱える闇というものは、完全には理解してやれない。

むしろ、自分には理解できると口にするのは、驕《おご》りだとも思っている。

いざという時に帰る場所がある、離れていても血の繋がった人間がいる、誰かかけがえのない存在があるというのは、やはり精神的な強みだ。

しかし、あのしおれた様子の高梁を見た時の飯田の顔も、ちょっと見物だったと思う自分は、やはり少し人が悪いだろうか。

ただ、その時点では飯田が一方的に高梁に執着しているなと思っただけで、問題があるようならすぐにでも高梁は一班に戻すつもりだった。

そうでないと、あまりに高梁に申し訳が立たない。飯田の希望に荷担した以上、そしてかつて二班を担《にな》っていた以上、それは橋埜の責任だとも思った。

けれども当の高梁は、翌日からいつもの懸命さで二班に馴染もうと努力し、考えていた以上に橋埜をいたたまれないような、申し訳ないような気持ちにさせた。

しばらくその後の二人の様子を見ていて、高梁と飯田の関係はそれなりに良好なのかと思っていた。

違うなと思ったのは、あの突入の予行の際だ。

高梁は普段ならあのキャラクターや立場からはとても考えられない発言をし、飯田はそれに怒るよりも先に困惑しきった顔を作った。

しかもどう見ても、発言した高梁の方がずっと痛々しく、言葉にできない感情を持てあまし、途方に暮れているように見えた。

少なくとも、あれは飯田に対する嫌悪や、面目を潰してやろうという悪意に満ちた感情ではないとわかったから、あの場に居合わせた誰も何も言わなかったのだろう。

苦渋の決断とはいえ、防具をほとんど身につけない状況で内部への進入を命じられた身だ。高梁自身に振られた非常に危険な役割を考えてみても、多少、テンパった状態となっても仕方ない状況もあった。

現場に向かうバスの中、飯田が何か言ってフォローしているようだったのでそっとしておいた。橋埜はもう、二班を率いている立場ではない。

ただ、突入を終えたあとの面接では、突入前に全身の毛を逆立てていたようにも見えた高梁は一変して、ちょっと憑《つ》き物の落ちたような所在ない顔となっていた。

橋埜の立場的には卑怯なのかもしれないが、二人で話をしろと言っておいた。

その分、二人で仲直りするならこれをやろうと、飯田にあのランチの招待券をやった。使用できる期日が近いので、近々状況を改善せざるを得ないだろうとも思った。

それでも、自分のやったことは卑怯なのではないだろうかという引っかかりは、まだ橋埜の中にある。犬伏への想いが叶わなかった高梁を、飯田に押しつけたように感じられることがあって、自己欺瞞《ぎまん》ではなかったのかと色々複雑だ。

犬伏が言う、色々難しいこと考えてるんだろうけど…というのは、そのあたりをとっくに見越してのことなのだろう。

こればかりは橋埜の気持ちの問題なので、仕方がない。

高梁には幸せであって欲しいという願いも、本当に胸のうちにある。

食事を終えると、もう食堂には二人が残るだけになっていた。

そろそろ部屋に戻って風呂行くかと立ち上がった犬伏は、飯田さぁ、と口を開いた。

「あいつ、相手に言えずに色々頭の中で妄想するタイプだって」

「へぇ…」

橋埜はいつものポーカーフェイスをできるだけ崩さないように、短く答える。

「いわゆる、ムッツリスケベってヤツだな」

犬伏はどうやら楽しそうだ。

しかし、実際にそれを飯田の口から聞くと、自分はちょっと引くかもしれないなと思った。なまじ見場のいい男な分、そして普段から口数が少ない分、奥の深い独特の怖さがある。

飯田とはずっと同じ班だった犬伏ほど、飯田のキャラクターを把握していないせいかもしれない。

高梁を動かす前にそれを聞いていたなら、飯田の希望を蹴っていたかもしれないと思うのは、結果的にはよけいなお世話なのだろうか。

それをちっとも引いてそうにないあたり、むしろ楽しんでそうなあたり、やはりこいつは自分よりもよほど器が大きい。

「色々妄想って、何を考えてるんだと思う？」

食器を返却口の棚に返しながら犬伏が尋ねてくる。

「いや…」

共に食堂を出て階段を上がりながら、橋埜は首をひねる。

「猫耳とか尻尾とかつけさせてないといいな、とは思う」

俺に想像できるムッツリ度はこれぐらいだろうかと、橋埜は答える。

それ以上は、思考的に色々と自主規制がかかってしまう。

「橋埜にしては、まぁ、頑張ったんじゃないか？」

「頑張るって、何をだよ。俺には変態属性がない分、想像するにも限界があるんだよ」

「変態とムッツリは似て非なるものだぞ」

おいおい、間違ってもらっちゃ困るなどと犬伏は真顔になる。

「そんな哲学、俺にはどうでもいいから」

知るかよ、と橋埜は眉を寄せた。

「むしろ、詳しくもなりたくないから」

「だろうな、かなり頑張ったようでも発想が普通すぎるし」

「すみませんねぇ、『普通』に満足のできる男で。というより、俺を下品な話に巻き込むな」

迷惑だ、と橋埜は言い切る。

「俺さぁ、あのあと、飯田に色々妄想って何考えるんだよって聞いたんだよ」

「ちょっと待て」

橋埜は片手を上げて、男を制する。

「いや、聞きたくないから。そういうムッツリの精神世界には踏み込みたくないんだよ」

「えー、マジか？　馬淵《まぶち》さんなんて、目ぇ輝かせて身を乗り出してきたぞ」

「あの人はあれだ。霜嶋《しもじま》エリナにヒールの先で蹴られても嬉しいんだ。マニアックなところが、飯田とどっかで繋がってるんだろ」

「そんな無茶な。それは一緒にしてやると、飯田がちょっと可哀想だろ。あいつ、ああ見えてけっこう繊細よ。むしろ、馬淵さんの場合は普通にスケベなだけだろ？」

「だから、下品な話を俺にするなって」

いちいちそんなこと関わりあっていられるかと、橋埜はドカドカと荒々しい足取りで階段を上がる。

「でさぁ、いつ行くの？　ランチ」

犬伏が面白がるような声を投げてくる。

橋埜は照れが行き過ぎて、邪険になった顔で男を振り返った。

「僕の部屋か、君の部屋で少し相談でもしませんか？」

ね、と犬伏は似合わぬ言葉遣いで橋埜の腕を取る。

素直になれない橋埜は、素っ気なく顔を背けた。


「じゃあ、お前の誕生日当日は夜に寿司で、ランチはその後の土曜の昼で…、この予約は俺が入れとくわ」

犬伏の部屋で、大柄な男は見かけによらぬ素早い動きで携帯に予定を入れる。

この男の指が、思わぬほどに繊細でやさしく動くことを、今の橋埜はよく知っている。

「俺さ、このランチの招待券、お前が素の顔で俺の指から二枚とも引き抜いた時、本当はちょっと怒らせたかなぁって思ったのよ」

「怒らせた？」

むしろ、いくら犬伏でもさすがにちょっとムッとするのではないかと思っていた橋埜は、陣取った犬伏のベッドの上で膝を抱える。

「いや、前に俺、お前の誕生日にはちょっと奮発してワインでも抜こうぜって言ってただろ？」

「ああ、あれな…」

まったく似合っていないウィンクと共に、待ってろよ、ハニー…などと言われたが、つゆほども本気にしていなかったものだ。

長らくこの男とは色々と言葉にしないことまで分かりあえる気がしていたが、まだまだ人間というのは奥が深い。

あれはよもやの照れ隠しだったのか、それとも本気のウィンク…、いや、まさかな…、と橋埜は言葉を濁したまま、いつものポーカーフェイスの裏で考える。

「それをまぁ、親からもらったとはいえタダ券で、しかもランチですまそうっていうのはどうかなっていう負い目がちょっとあってさ」

そう言った犬伏は、手にしていた携帯を不意にカシャリと鳴らす。

写真を撮られたのだと、音がして初めて橋埜は気づく。

「何だ？」

「何だって、お前の写真。お前、髪伸ばしてから写真撮ってないし」

犬伏は楽しそうに撮った写真を保存する。

「まぁ、綺麗なお顔！」

大げさな声を上げる男に、橋埜は溜息をつく。

「何を今さら…」

「俺とツーショットの方がよかった？」

どう、とベッドの上で犬伏に肩を抱かれ、橋埜はつれなくその手を払う。

払ってしまってから、今さらのようにここまで邪険にしても大丈夫だろうかと、横目に男を窺い見た。

犬伏は別に腹を立てた様子もなく、楽しそうに笑っている。

何となくつられて橋埜も笑ってしまった。こんな鷹揚さに、いつも救われる。

多少素っ気なくしてみても、開けっぴろげに惜しみなく好意を示してくれるから、どうしようもなく心地いい。その奥深い愛情を、少しも疑わずにすむのはこんなに楽だったのかと今さらのように思う。

「まぁ、素の顔だったかどうかは知らないが、あれ、この招待券…って思ったのは本当だ。

よもや同じ店のだとは思わなかったし。俺もこれと同じものでお前を誘おうと思ったとは、先に出されると格好悪くて言えないし」

橋埜の言い分に、犬伏はまあなと大きな口許から白い歯を見せる。

「そんなこんなで、誕生日にこれはさすがにまずかったかなと思った」

「そこまでお高い男じゃないよ。誕生日覚えてくれてたことは、嬉しかったし」

橋埜の言葉に、犬伏は笑いの残った目を向けてくる。

「そうかぁ？　三つ星レストランとか言われた時は、肝が冷えた」

「それは小さいな」

橋埜の毒に犬伏は笑って腰に腕をまわし、大きな身をかがめて肩口にそのがっしりした顎《あご》を乗せてくる。

「…悪くないと思ったなら、もっと素直に喜んでくれ」

「そいつは悪かった」

橋埜も低く答える。

試すような真似をした自覚があるから、なおのことだ。

いつも犬伏には素直になれない。

それは多分、甘えなのだと思う。

「いいけどさ、俺の持ってきたチケットはちゃんと残してたし」

わかりにくいんだよ、お前は…、と犬伏はぼやく。

ふふっと笑った口許に、横から口づけられる。

「何だ？」

「ちょっとだけな…」

しー…、と男は本当はちょっと官能的な形をしている唇の前に、指を一本立てると、橋埜の身体をベッドの上に横たえる。

「誰か来たらどうする？」

軽く唇の端にキスを落とされ、橋埜は低く尋ねる。

「さっきドアに鍵かけた」

「それは知ってる」

橋埜の返事に、犬伏はおかしそうに笑った。

「本当にお前は素直じゃないなぁ」

あんまり楽しそうに言われるので、橋埜もつられて笑ってしまう。

「お前、どこまでする気だ？　こんな場所で」

大きな手が大事なものでも包むように、そっと橋埜の手を握り込んでくる。

「大人ですから、何も全部とは言いません。ちょっとイチャイチャしたいだけ…」

な、と甘えるように言われ、つい、それを許してしまう。

狭いベッドの上に共に横たわった熱がずいぶん心地よくて、ちょっとイチャイチャしたいだけという大人の我が儘を、橋埜も同じように持っていたせいだった。

END

あとがき

こんにちは、かわいです。

ムッツリの続きをやりますと言ったものの難産で、本当に担当様や挿絵の緒田涼歌様にはご迷惑をおかけしました。

この業界に足を踏み入れてそれなりになるのですが、実は合意なしで行為に及んだことがなく…（全然頼りにならない私の記憶に間違いがなければ、多分…）、ちょっとそれが引っかかって、一度引っかかるとグールグル。いい大人のくせに、しかもたまに変なスイッチ入れてるくせに（橋埜の時にもちょっと入ってた）、今さらぬるいこと言っててすみません。

もっと開き直ってガンガンやればよかったと、今、憑き物が落ちたように思ってます。

そういえばキャンプですが、キャンプ馴れした人は本当にエアマットとか、折りたたみできる野営用ベッド使ってるらしいですよ。一気に快適になるそうです。今ってテントもキャンプ設備もバラエティに富んで充実してるんですね。調理道具も色々出てるし、キャンプって季節のいい時期にはやってみたいな…などと夢見てましたが、根っからのインドア派なので資料見ただけでお腹いっぱいになりました。基本的に体力勝負で重いし寒いし虫も多いし、トイレや水の使用にも制限があるので、あれは男の人向きだ。ホテルみたいなキャンプ場もあるんですけど、だったらコテージがいいと思ってしまう軟弱者。自分が男だったらやってみたいですけどね。

そして、今回の緒田さんの挿絵ですが、飯田がすっごくムッツリそうな男前で！（褒め言葉っ）ものすごく嬉しかったです。書いてる間、飯田は雰囲気や遠目の印象などはイメージできたんですが、あまり際立った顔の印象などがなく…、キャララフをいただいた時には思わずガッツポーズになりました。これですよ、緒田先生、これ。まさにこれこそが正しき日本男子のムッツリスケベ風男前！　男子の本懐、ここに極まれりですよ！　喜びのあまり、自分でも何言ってるのかよくわからないのですが、今回の飯田は本当に素敵です。ありがとうございます！


銀行立てこもり事件については、子供の頃に解決までずっと中継されてた旧三菱銀行の立てこもり人質事件の印象が、今回、非常に色濃く出ています。ＳＡＴの前身部隊が投入された事件です。重苦しい灰色のイメージで、具体的に何がどうだったのかという記憶がほとんどなく、調べてみてとんでもない事件だったのだと知りました。ＳＡＴっていうのはいざという時にないと絶対に困るけど、実際には投入される事件なんてない方が幸せですね。

あと、ＳＡＴについて読者さんに教えて頂いた番組で、「危険任務手当」みたいなのが一切ないと聞いて驚きました。いや、出してあげてよ、そこは…と心の底から思いました。Ｓ

ＡＴ以外にもリスキーな仕事や専門職には、それなりの給与出さないと士気が下がるっていうか、命張って任務をこなしてる人も切なくなるじゃないですか。本当に大変な仕事なんだなと、頭が下がります。

担当様にも、しょっちゅうへこたれてて本当に何から何まですみませんでした。色々激励いただいてありがとうございました。今後ともよろしくお願いします。

そして、ここまでおつきあいいただいた皆様にも、本当にありがとうございました。

また次もお目にかかれると嬉しいです。

かわい有美子

…というわけで、最後、心残りだったムッツリについてのショート入れてます。

肩にシャツを引っかけただけの飯田《いいだ》は、コテージのバスルームに湯を張りはじめると、バスタオルを手にベッドルームへと戻る。

乱れたベッドの上には色味の薄い全身をまだピンク色にぼうっと染めた高梁《たかはし》が、ぐったりと四肢を投げ出している。

去年からの薄赤い跡が首筋や背中、脇腹などに残っていて、まだ汗の引かないスレンダーな身体をよけいに扇情的に見せる。普段の高梁の子供っぽい雰囲気とは裏腹に、まだ明るい光の下で見る湿った肌は、想像していた以上に淫靡《いんび》だった。

バスタオルを手にかたわらに立った飯田をどう思ったのか、高梁は伏せかけていた大きな目を飯田へと向けてきた。

「すみません、俺…」

何か言いかけた身体を飯田はタオルでくるんで抱き取る。

「風呂に入ろう」

立ち上がろうとするのを、そのまま軽く横抱きにしたままバスルームまで運んでゆく。

「あの、俺、けっこう体重ありますし」

歩きますと慌てる高梁を飯田は軽くなだめる。

「そんな状態で立てるのか?」

多分…、と高梁が頷くのを、そのままバスルームに連れ込んだ。軽く羽織っていただけのシャツを脱衣スペースに放り、そのままシャワーを取り湯温を確かめる。

「まだ明るいです」

高梁は日の差し込むバスルームで可愛いぐらいにまごつく。

「さっき風呂に入りたいって言っただろう?」

「いや、それはあの、ひとりで…」

耳まで赤くなった顔を隠そうとするのをなだめ、シャワーを肩の辺りから首筋、背中、胸許…、とかけてゆく。

前にも思ったが、高梁は飯田の想像していた以上に感度がいい。さっきまでの余韻で刺激に敏感なせいもあるのだろうが、お湯がかかるだけで脇腹をひくひくと痙攣させる。

「つかまっていい」

持って行き場のないような手を捉え、肩にすがらせた。

濡れた肌が密着すると、なおのこと高梁は身体を大きく震わせる。

飯田の手が両脚の間を割ると、きゅっと両腕が縋るようにつかまってくる。そんな反応に、勝手にまた下腹が頭をもたげ出す。

「…飯田さん」

そんな飯田の反応を知ってか、細い声が名前を呼んでくる。

「真也っていう」

「はい」

律儀な返事に、飯田は思わず微笑んだ。

橋梺《はしの》に高梁を二班に引っ張りたいと言った時、橋梺がふと呟《つぶや》いた言葉を思いだした。

——最初、アキラが入ってきた時、ああ、これがモンロー・スマイルっていうやつなのかなって思ったんだけど…。

モンロー・スマイルは、幼少時代に家庭環境に恵まれなかった子供が、周囲の大人の関心を引くために振りまく魅力的な笑顔を指す心理学用語みたいなものだと、橋梺は説明した。幼少時代に児童施設や里親の元を転々としたマリリン・モンローが、格別魅力的な笑顔を持っていたことに由来するのだという。

——あれは違うよなぁ。むしろ、高梁はもともとシャイで、あんなはにかむような笑い方する奴なんだよなぁ。

犬伏《いぬぶし》に何か聞いてたのか。それとも最初に高梁の割り振りを決める際、あらかじめ班長らには話があったのか。

とにかく最初、自分は高梁について思い違いをしていたようだと橋梺は言っていた。

――いい施設、悪い施設あるだろうし、職員にもよく出来た人、そうでない人、色々あるんだろうけど、あいつは可哀想にあんまりいい思いしてなかったんじゃないかな。

入隊直後の髪型は、そのせいだろうというのが橋埜の言い分だった。

飯田も高梁にアルバムを見せてもらったからこそ、わかる。

そして、いつもにこにこと笑っている高梁が、子供の頃からそういう風に笑う子供だったことも、今は知っている。

「…中、大丈夫か？」

尋ねると、濡れた身体をぴったりとつけるようにした高梁は小さく頷《うなず》く。

その乳首が今はツンと赤く尖って、飯田の胸許に触れてくる。たまらず、飯田は高梁の腰を抱いたまま、その薄い胸許にむしゃぶりついた。

「…え？　あ、…あっ」

濡れた可愛い声を洩らし、高梁が逃げようとする腕を捉え、白いタイルの壁に押さえ付けるようにして、張りつめた乳頭に軽く歯を立て、吸い上げる。

シャワーヘッドが床に転がってかたわらで飛沫《しぶき》を上げる中、もう片方の手で硬起した乳首をつまむようにしながら、細腰を撫でる。尻の丸みをつかみ、さっきさんざんに堪能した狭間に指を割り入れるようにすると、残ったジェルの潤いで柔らかく指が呑み込まれてゆく。

「飯田さん」

「真也だ」

ささやきながら溶けほぐれた温かい粘膜の中でやんわりと指を動かすと、高梁は頭《かぶり》を振った。

「…すぐには無理です」

首筋まで真っ赤になり、高梁は細い声で訴える。

「ああ、ごめんな」

言いながら飯田は身をかがめ、高梁の薄い唇に口づけた。

本当に可愛くて恥ずかしがりの、けなげな猫でも愛しているような気分になる。思っていたよりも薄い舌は柔らかく、震えながらも懸命に応えてくれる。

妄想の中で何度もこの小さな口の中に突っ込むことを考えたが、こうしてキスをしている方がよほど楽しい。

好きにできない分、色々といやらしく身悶えるところや、自分に誘いをかけてくるところなどを想像してみたが、本物の高梁のたどたどしい反応の方がよほど可愛かった。

訓練後にジャージで走りにでているのを見た時は、ショートパンツだったらどうだろうとか、水着だったらどうなのだろうと考え、色々と想像の中で人には言えないような真似をした。たいがいそういう時には無理矢理のしかかってしまう、あるいは押し倒してしまうようなシチュエーションだったので、頭の中では高梁に詫びつつ、妄想を逞しくした。

でも、実際にはぎこちなくても飯田の希望に添おうとしてくれる、そして途中から自分もこらえきれなくなったように腰を揺らし、切羽詰まった声を上げる高梁の方が何十倍も可愛くていやらしい。

男とは寝た経験もないし、なんとなく女性的な甲高い声をイメージしていたが、実際には上擦るのを懸命に押し殺そうとする高梁の声は、自分の妄想などよりもよほど柔らかく湿っていて好みだった。

あまり着る機会はないが、式典の時の制服も真面目そうでよく似合う。

人より少し幼い顔に生真面目そうに制服を身につけている姿を見た時は、あの制服姿の高梁を部屋に監禁するのを、三週間ぐらいはネタにしていたがそんなことはとても言えない。

実行に移すつもりはさらさらないが、どうせかないっこないので妄想の中だけでもと、さんざんに好きにさせてもらった。

だが、こんなに可愛らしい反応を見せる高梁を見ると、監禁したとしても下僕になるのは自分ではないかと思ってしまう。

「身体を洗うだけだ」

キスの合間にささやくと、高梁は半ばは信じていないような顔をしていながらも、小さく頷く。

飯田は浴槽のかたわらに置かれた、色とりどりの花びらの盛られた籠を取る。

「入れてみるか?」

尋ねると、高梁は半分ほどをすくってそっとお湯の上に浮かべる。

「あとは飯田さんが…」

「真也だ」

言うと、高梁はさらに困ったような顔を赤く染める。

「…真也さん」

小さい声だったたか、そうして呼ばれるとありきたりの自分の名前でも、何か特別なもののように思える。

飯田は残りの花びらをお湯の上に浮かべると、そうっと高梁の身体を花びらの浮いたお湯の中に浸けてやった。

「あとで身体を洗いっこしよう」

自分も浴槽に脚を入れ、高梁の身体を後ろから抱きながら飯田は小さな耳にささやく。

「飯田さんがそんなこと言うなんて…」

とても想像できなかったと、高梁はその耳をピンク色に染めながら呟く。

夜、妄想の中で全身を泡まみれにした高梁を風呂の床でさんざん喘がせたことは、口が裂けても言うまいと、飯田は高梁の首筋に口づけた。

✦初出　鮮烈に闇を裂け……………書き下ろし
艶やかに夜を語れ…………書き下ろし
邪に想いを紡げ……………書き下ろし

かわい有美子先生、緒田涼歌先生へのお便り、本作品に関するご意見、ご感想などは
〒151-0051 東京都渋谷区千駄ヶ谷 4-9-7
幻冬舎コミックス　ルチル文庫「鮮烈に闇を裂け」係まで。

幻冬舎ルチル文庫

鮮烈に闇を裂け

2013年1月20日　第1刷発行
2024年5月20日　第2刷発行

✦著者　かわい有美子　かわい ゆみこ

✦発行人　石原正康

✦発行元　株式会社 幻冬舎コミックス
〒151-0051 東京都渋谷区千駄ヶ谷 4-9-7
電話 03(5411)6431［編集］

✦発売元　株式会社 幻冬舎
〒151-0051 東京都渋谷区千駄ヶ谷 4-9-7
電話 03(5411)6222［営業］
振替 00120-8-767643

✦印刷・製本所　中央精版印刷株式会社

✦検印廃止

ISBN978-4-344-82721-9　C0193　Printed in Japan